I0681063

Jack Vance

Het masker van huid

Het masker van huid

van huid

Jack Vance

VERZAMELD WERK **14**

John Holbrook Vance

Uitgegeven door Spatterlight, Amstelveen 2020
Oorspronkelijk verschenen onder het pseudoniem
Peter Held als *Take My Face*, Mystery House,
New York 1957
Deze vertaling is conform de gerestaureerde tekst van de
Vance Integral Edition © 2020 Arjen Broeze

ISBN 978-1-61947-244-0

www.spatterlight.nl

Jack Vance
Het masker van huid

Hoofdstuk I

Robert Struve, 13 jaar oud, was op enkele details na, niet anders dan zijn vrienden. Hij las stripboeken, droeg een spijkerbroek en sporthemden.

Zijn vader, Bradley, was overleden; hij woonde samen met zijn moeder Elsbeth in het bovenste gedeelte van een gestucte duplexwoning. Elsbeth Cranleigh, van goede Philadelphia komaf, was slank, blond en had een bleke teint. In 1928 werd ze verliefd op Bradley, die zich voordeed als een echte avonturier. Hij praatte over rijkdom en grootse avonturen; Elsbeth geloofde hem onvoorwaardelijk, maar na hun trouwen was er geen sprake van de romantiek en de vreugde waarop ze gehoopt had. Een paar jaar lang verkocht Bradley panden in Los Angeles. Daarna, in 1934, nam hij Elsbeth en de vierjarige Robert mee naar San Giorgio, een kilometer of negentig ten noorden van San Francisco. Twee jaar lang verkocht hij stofzuigers, werkte daarna kort voor een verkiezingsbureau om daarna weer huizen te gaan verkopen. Hij praatte makkelijk, had een gulle lach en een snor in de stijl van Los Angeles; hij kende wel honderd dubbelzinnige verhalen, maar heel veel succes leverde het hem niet op.

Elsbeths illusies verdwenen, maar ze bleef hopen.

Toen Robert acht was ging Bradley voor Hovard Orchards werken als nachtopzichter in het San Giorgio pakhuis. Hij had dit baantje een maand of drie, toen Darrell Hovard hem voor de tweede keer in twee weken tijd dronken aantrof op zijn werk. Hovard ontsloeg hem op staande voet. In roekeloze woede reed Bradley de snelweg op, en bij Dodeman's Bocht ramde hij een truck met hout.

Elsbeth paste zich snel aan het weduwschap aan. Ze was niet zozeer met Bradley getrouwd, maar eerder met het begrip Bradley — sterk, vrolijk, galant, vindingrijk. Dat het niet klopte met de werkelijkheid was na zijn dood niet meer aan de orde.

"Lieverd," zei ze tegen Robert de dag na die akelige gebeurtenis, "je moet heel dapper zijn. God heeft je vader tot zich genomen."

"Is hij echt dood, moeder? Ik wed dat ie dronken was."

"Waarom zeg je zoiets akeligs, Robert?"

Robert zei niets.

"Waarom, Robert?"

"Dat komt door de andere kinderen," riep Robert uit. "Ze zeiden dat papa zich nog eens dood zou drinken."

"Wat een verschrikkelijk ding om te zeggen!" Elsbeth snakte naar adem. "Je vader was een van de beste mensen op aarde!"

Robert zei niets. Op zacht toon ging Elsbeth door: "Dat moet je altijd onthouden, Robertlief. En nu papa er niet meer is — nu moet jij de man in huis zijn. Je moet sterk en dapper zijn en mama helpen."

Robert had een dikke keel en zijn ogen prikten. "Dat doe ik, mama. Ik doe alles wat je wilt."

En zo werd Robert de man in het gezin. Hij vond het niet makkelijk. Elsbeth ging bij Hegenbels werken, het grootste warenhuis in San Giorgio, tegen een amper toereikend salaris. Robert kwam erachter dat hij zo snel mogelijk veel geld moest gaan verdienen. Hij leerde, "Bijt op je tanden, Robert, doe het er maar mee, dat is de enige manier om verder te komen!"

Robert was een knappe jongen, met zwart haar, onschuldige bruine ogen en een frisse jonge huid. Hij was niet bijzonder getapt bij zijn medeleerlingen; hij was niet lelijk zoals Grant Hovard, of dik zoals Ducky Scheib, of vechtlustig zoals Jim Smith. Hij beschikte niet over de luide stem van Ziggy Gordon en ook niet diens opgewektheid, noch bezat hij de onbesuisde roekeloosheid van Carr Pendry.

Hij kocht een fiets met de opbrengst van zijn baantje als krantenjongen en gaf daarna al zijn verdienste aan Elsbeth, die het, zoals zij het noemde, in een studiefonds stopte.

Ook Carr Pendry had een baantje als krantenjongen. Zijn vader was de uitgever van de San Giorgio *Herald-Republican*, en vond dat Carr gewoon van onderaf moest beginnen.

Carr, die een jaar ouder was dan Robert, had een nieuwe scooter, waarop hij Robert af en toe liet rijden. Op dat soort dagen bezorgde Robert niet alleen zijn eigen kranten, maar ook die van Carr.

Bij de krantenwijk van Carr hoorde ook het chique Jamaica Terrace, waar de Hovards, de Pendry's, de McDermotts, de Cloverbolts en de Hegenbels woonden in grote ouderwetse huizen. Telkens wanneer Robert de wijk van Carr deed, zei hij tegen zichzelf dat ooit, op een dag, zijn moeder en hij een huis zouden bezitten op Jamaica Terrace.

En toen, ronkend als een monsterachtige kever, scheurde de Cadillac van Darrell Hovard, met Julie Hovard tussen de benen van haar vader achter het stuur gezeten, door Jamaica Arch en ramde Roberts scooter.

De scooter tuimelde in een afwateringsgreppel. Roberts hoofd raakte het beton en er stroomde benzine over hem heen, in zijn gezicht. De benzine vatte vlam.

Darrell Hovard hield Julie's hoofd omlaag toen het lichaam van Robert Struve, verkoold en kreunend, de ambulance werd ingetild.

"Stil maar," mompelde Hovard. "Stil. We gaan naar huis..." En bij zichzelf zei hij, "De hemel zij dank dat er verzekeringen bestaan..."

De man van de verzekering vond Elsbeth Struve in het ziekenhuis; hij heette Edward D. Cooley, een magere jonge man met stekeltjes-haar. Hij benaderde Elsbeth in de gang buiten de ziekenhuiskamer van Robert. De dokter had beloofd over een paar minuten te vertellen hoe het er voor stond met Robert, en ze merkte het nauwelijks toen Edward Cooley naast haar ging zitten.

"Verschrikkelijk dit," zei Cooley.

Elsbeth keek hem aan, maar zag alles in een waas. "Ja, ja."

"Uiteraard hoeft u zich over de rekeningen van de dokter geen zor-gen te maken. Dat regelen wij."

Elsbeth keek zijdelings naar de jonge man met het scherpe gezicht. Hij leek serieus en bezorgd. "Wie bent u?"

"Ik vertegenwoordig de verzekeringsmaatschappij. Ik ben hier om u te helpen de boel op orde te brengen."

"Oh," zei Elsbeth. "Ik weet nog niets. Behalve dan dat Robert een ongeluk heeft gehad met een scooter en dat meneer Hovard hem heeft binnengebracht."

Cooley knikte. "Dat klopt. Meneer Hovards verzekering dekt dit soort gevallen; wij zullen Roberts ziekenhuiszorg voor onze rekening te nemen. Maar we hebben wel uw toestemming nodig om de rekening te betalen."

"Oh, natuurlijk." Elsbeth lachte zwakjes.

"Dan — eens even kijken — ik heb hier ergens een formulier." Edward Cooley pakte een pen uit zijn borstzakje. "U kunt dit het beste...hier tekenen."

Elsbeth pakte zijn pen aan.

De dokter kwam samen met een zuster Roberts kamer uit; de twee voerden fluisterend een gesprek. Elsbeth duwde pen en papier terug naar Cooley en sprong op. Maar voor Elsbeth hem kon bereiken haastte de dokter zich al weg.

De zuster zei, "Mevrouw Struve?"

"Ja...Robert — mag ik naar hem toe?"

De zuster schudde haar hoofd. "Hij is nog buiten westen. Hij zou u ook niet herkennen, en heel eerlijk gezegd, mevrouw Struve, ik denk niet dat het nu verstandig is."

"Is hij — Is hij —"

"Nee — hij komt er weer bovenop — maar hij heeft een aantal zware brandwonden...Misschien kunt u beter een dagje wachten."

Elsbeth keek naar de witte, zo stevig gesloten deur. "Het is toch niet blijvend, of wel?" vroeg ze aarzelend.

"We doen ons best, mevrouw Struve —"

Elsbeth draaide zich om. Edward Cooley stond op. "Ik heb alleen nog uw handtekening op deze overeenkomst nodig, dan kunnen we alles voor u afhandelen."

"Alstublieft," zei Elsbeth, "niet nu."

Cooley ging achter haar aan. "Maar, mevrouw Struve..."

"Ik ga nu niets tekenen voordat ik het heb kunnen lezen..."

Edward Cooley reed via Conroy Avenue naar Jamaica Terrace. Op de hoek stond Carr Pendry naar het wrak van zijn scooter te kijken. Cooley stopte en sprong de auto uit, de stoep op. "Een flink ongeluk."

"Ja," zei Carr. "Dit is wat er van mijn scooter over is. Zo goed als nieuw."

"Ik neem aan dat je verzekerd bent?" vroeg Cooley schertsend.

Carr schudde zijn hoofd en keek zuur richting Jamaica Terrace. "Maar die ouwe Hovard is verzekerd. Als ie d'r wat aan heeft."

"Je hebt altijd wat aan verzekeringen," zei Cooley.

Carr keek hem sceptisch aan. "Zelfs als zijn dochtertje reed?"

Cooley boog zijn nek als een reiger speurend naar een voorntje. "Wat?"

"Ik zei, 'zelfs als zijn dochtertje reed'."

"Zo zo," zei Cooley. "Zijn dochtertje reed?"

Carr knikte. "Die ouwe Hovard laat haar altijd rijden. Dat kind mag alles."

"Zo, zo…" Cooley stapte weer in zijn auto.

Hij belde aan bij het huis van de Hovards waar een getint dienstmeisje de deur opende. "Ja, meneer?"

"Meneer Darrell Hovard, alstublieft."

"Heeft u een afspraak? Meneer Hovard voelt zich niet lekker."

"Ik ben Edward Cooley van Magna Verzekeringen. Meneer Hovard heeft een ongeluk gemeld."

"Ik zal kijken of hij thuis is."

Meneer Hovard was thuis. Het dienstmeisje ging Cooley voor door een koele gang met rode tegels, langs glazen deuren die naar de woonkamer, de eetkamer en de bibliotheek leidden; langs een elegante wenteltrap die omhoog spiraalde naar de tweede verdieping. Op de derde tree zat Julie, haar armen om haar opgetrokken knieën geslagen.

"Hoi meissie," zei Cooley.

Julie keek op en keek hem na. Ze was net een engeltje van topaas, onvoorspelbaar, prikkelend, en door en door verwend. Haar huid glansde door het dure eten, de pure melk en de fijnste zeepjes; haar kleren waren piekfijn en fris en schoon als verse popcorn.

Het dienstmeisje schoof een glazen deur naar het achterterras open. "De verzekeringsman is hier, meneer Hovard."

Hovard zat in een smeedijzeren stoel onder een stel druivenranken. Het gebladerte boven zijn hoofd verspreidde een groene gloed en het zwembad liet bleke halve dollars over zijn gezicht dansen. Hij was een grote man met bruin haar, wijd uiteen staande ogen en gebogen wenkbrauwen.

"Meneer Cooley?"

"Correct." Cooley schoof een stoel bij. "Meneer Hovard, ik heb een en ander uitgezocht en ik ben bang dat dit geen uitgemaakte zaak is. Vooral niet omdat uw dochtertje er bij betrokken is."

"Wat heeft Julie hier mee te maken?"

"Nou — zij reed tenslotte."

"Zij reed!" Hovard fronste onzeker.

"Zij reed toen de auto Robert Struve raakte."

"Dat is volslagen onzin!" snauwde Hovard.

Cooley knikte oordeelkundig. "Dus zij reed niet toen de auto Robert Struve raakte?"

"Ik zei dat ze niet reed! Ze was misschien aan het sturen. Deed alsof ze aan het sturen was, bedoel ik."

Cooley knikte. "Ik snap het...we zijn niet onredelijk, meneer Hovard — maar u kent de polisvoorwaarden."

"Zeker. Ik ben hier volledig voor verzekerd!"

Cooley tikte met een boekje op de tafel. "Ik wil niet moeilijk doen meneer Hovard, maar de dekking geldt alleen als het voertuig wordt bestuurd door een bevoegd bestuurder."

"Wilt u mijn rijbewijs soms even zien?"

Cooley grijnsde. "Ik zou dat van uw dochtertje willen zien."

"Zij speelt hier geen rol in. Ik zat op de bestuurdersplek, ik had de auto volledig onder controle."

"Het spijt me enorm meneer Hovard," zei Cooley. "De kwestie van aansprakelijkheid is afhankelijk van wie de auto bestuurde, u of uw dochter. Ik heb verschillende getuigen gesproken die aangeven dat uw dochtertje stuurde."

"Dat is een verrekte leugen!" Hovard keek grimmig maar zag erg bleek.

"Dat mag dan wel zo zijn," beaamde Cooley beleefd, "maar u hebt de schijn tegen. U zult begrijpen, meneer Hovard, dat wij geen verant-woordelijkheid kunnen nemen voor iets dat best weleens criminele nalatigheid zou kunnen zijn."

Hovard leunde langzaam naar voren. "Wilt u suggereren dat ik cri-mineel nalatig ben?"

Cooley pakte onbekommerd zijn sigaretten. "Als Robert sterft — zou u zomaar eens vervolgd kunnen worden voor doodslag."

Hovard zakte terug in zijn stoel. "Hij gaat niet dood."

"Wie gaat er niet dood, pappie?" vroeg Julie achter hem.

"Niemand, schat…Ga maar spelen."

Julie ging naar binnen.

"Leuk kind," zei Cooley. "Jammer dat ze hierin verzeild is geraakt."

Hovard keek boos. "Ze weet het niet. Ik ga het haar ook niet vertellen."

Cooley knikte, stond op het punt om op te staan. "Wel, dat is het dan meneer Hovard. Het spijt me dat ik geen vrolijker nieuws kon brengen."

"Wacht eens even!" zei Hovard. "Wilt u me vertellen dat u de schade niet gaat vergoeden?"

Cooley haalde zijn schouders op en stond op. "Even goede vrienden, meneer Hovard, maar zo staat het er voor."

Hovard zei, "Ik zal u eens even iets vertellen — als u denkt *mij* te kunnen duperen, dan houdt u zichzelf voor de gek. Ik sleep u voor de rechter!"

"Dat is uw goed recht meneer Hovard." Cooley knikte beleefd en verliet het huis.

Darrell Hovard nam de telefoon aan met een grimas van afkeer. "Met Darrell Hovard."

"Met mevrouw Struve," zei Elsbeth. Ze belde vanuit de telefooncel in de wachtkamer. "Ik ben Roberts moeder."

"Oh ja, mevrouw Struve."

"Ik sprak net met de verzekeringsman en hij vertelde me dat zij hier geen verantwoordelijkheid voor nemen…"

"Natuurlijk nemen zij de verantwoordelijkheid! Laat u niets wijsmaken!"

Elsbeth vroeg aarzelend, "Vindt u niet dat u dat beter met hen kunt oplossen? Iemand moet de rekeningen betalen en ik heb de prijs van plastische chirurgie gezien. Het is gewoon verschrikkelijk wat alles gaat kosten."

"Welnu, mevrouw Struve," zei Hovard met getergde stem, "ik zie niet in wat ik zou kunnen doen. Ik heb altijd braaf mijn verzekeringspremie betaald. Zoals ik het zie is het aan de verzekeringsmaatschappij."

Elsbeths ogen, nog pijnlijk van het huilen, begonnen te kloppen.

"Wat wordt het totaal van de ziekenhuisrekeningen ongeveer, mevrouw Struve?"

"Ze zeggen dat de plastische chirurgie en de zorg bij elkaar neerkomen op twee of drieduizend dollar — en dat kunnen we niet betalen."

"Natuurlijk niet," zei Hovard haastig. "Als ik niet verzekerd zou zijn, mevrouw Struve, dan was er natuurlijk geen twijfel — maar nu proberen ze er onderuit te komen en dat accepteer ik niet."

"Ze zeggen dat uw dochtertje reed. Ze zeggen dat ik bij u moet zijn."

"Dat is de grootste flauwekul, mevrouw Struve, en dat weet u net zo goed als ik."

"Ik geloof dat ik beter een advocaat kan nemen," zei Elsbeth.

"U moet doen wat u goeddunkt, mevrouw Struve."

Hoofdstuk II

ELSBETH NAM ADVOCAAT Albert A. Marschott in de arm op fifty-fiftybasis. Marschott bracht een bezoek aan het ziekenhuis, schudde Robert de hand, keek onder het verband en verzekerde Elsbeth dat vijftigduizend dollar geen onredelijke eis was. En door daar voor zichzelf een veiligheidsmarge bij te rekenen kwam hij op een totaalbedrag van $75.221; voor dit bedrag diende hij een aanklacht in tegen Darrell Hovard.

Op zijn beurt daagde Hovard de Magna verzekeringsmaatschappij voor de rechter voor $86.000. De extra tienduizend was voor de schade die hijzelf zou kunnen oplopen door de rechtszaak tegen hem aan te vechten. Hij bedacht dat hem dat weleens een goede onderhandelingspositie zou kunnen opleveren.

Hij had gelijk. Harvey Dittle, regiomanager voor Magna Verzekeringen, controleerde het rapport van Cooley en riep hem daarna in zijn kantoor.

"Over de zaak Struve. Dat jong reed op een scooter toen hij geraakt werd?"

"Correct."

"Hier staat dat hij dertien is. Hij kan dus nooit een rijbewijs gehad hebben."

"Nee. Maar de politie knijpt meestal een oogje toe voor jongens op motoren."

Dittle keek Edward Cooley zuur aan. "Ze knijpen geen oogje toe als ons dat zesentachtig ruggen kost!" Hij smakte de papieren op zijn bureau. "Probeer een regeling te treffen met die mevrouw Struve. Leg haar uit dat ze niet veel kans maakt tegen Hovard. Dit is een duidelijk geval van twee onwettige zaken die elkaar opheffen. Hoe kan zij bijvoorbeeld zeker weten dat het niet Robert was die tegen de Cadillac aan reed? Voor hetzelfde geld sleept Hovard haar voor de rechter. Dan zit ze pas echt in de problemen."

"Ik snap het."

"Onderzoek of ze een geldbedrag wil aannemen als schikking. Hou haar uit de buurt van haar advocaat; die gaat de hoofdprijs vragen."

Toen Cooley Elsbeth voor de tweede keer benaderde was ze op een emotioneel dieptepunt aanbeland. Het ziekenhuis vroeg geld en ze had niets. Het schooljaar was weer begonnen — het zou Roberts eerste semester op de middelbare school zijn geweest. Nu moest hij wachten tot januari. Marschott had vertrouwen in de uitkomst van de rechtszaak en Elsbeth wilde hem graag geloven, maar diep in haar hart wist ze dat het onmogelijk was. Het leek alsof ze al jaren door ziekenhuisgangen liep, de antiseptische lucht inademend, haar zorgen inslikkend. Vijftigduizend dollar? Een luchtkasteel.

Ze verzette zich maar zwakjes tegen Edward Cooley, vond zelfs een soort van troost in zijn pogingen haar te misleiden. Ze kibbelde en argumenteerde wel, maar protesteerde niet wanneer Cooley haar argumenten omverkegelde. Alles om dit maar achter de rug te hebben, om Robert thuis te krijgen! Een groot bedrijf als Magna Verzekeringen zou toch geen misbruik van haar maken! Natuurlijk niet, zei Cooley. Een realistische advocaat zou haar dan ook adviseren om een minnelijke schikking met redelijke voorwaarden te accepteren.

"Wij betalen alle tot nu toe gemaakte ziekenhuiskosten en daarna nog eens duizend voor de losse eindjes — plastische chirurgie, dat soort dingen."

Elsbeth voelde een steek van rebellie. "Duizend is nog niet eens een begin!"

"Wel," zei Cooley, "ik geloof dat ik Dittle wel kan overhalen tot twaalfhonderdvijftig. Weet u, ik zet dat getal nu meteen in deze schikking ook al kost me dat mijn baan!"

"Dat is erg aardig van u," zei Elsbeth zwakjes en tekende op de plek die Cooley haar aanwees.

Toen Elsbeth Albert Marschott hierover belde, vond die het moeilijk om zijn stem in bedwang te houden. Na een korte pauze vertelde hij mevrouw Struve dat ze uiteraard het volste recht had haar eigen beslissingen te nemen. Hij zei "Goedendag," en hing op. Elsbeth voelde zich akelig, verloren en eenzaam. "Wat heb ik gedaan?" fluisterde ze tegen zichzelf.

De $1.250 van de cheque werd in Roberts 'studiefonds' gestort. Omdat Elsbeth alleen maar parttime had kunnen werken terwijl Robert in het ziekenhuis lag was ze gedwongen om direct al wat van die $1.250 te lenen.

Eindelijk kwam Robert thuis. Zijn gezicht was genezen, maar elke keer als Elsbeth naar hem keek moest ze zich inhouden om niet naar adem te happen. Was dit haar Robert, haar lieve kleine jongen die alles was wat ze nog had? Zijn mond was zijwaarts weggetrokken en zijn linkerwang leek op een bord vol hersenen. Boven zijn mond zat een lage kraakbeenrichel met zwarte openingen waar zijn neusgaten zaten. Zijn wenkbrauwen waren weggebrand en groeiden in rare bochten weer terug. Zijn voorhoofd was onbeschadigd; zijn ogen stonden verbijsterd en wild.

Robert weigerde het appartement te verlaten. Hij sloot zich op in zijn kamer met de gordijnen dicht.

"Ik ga nooit meer naar buiten," zei hij. "Nooit meer... Iedereen staart me aan. Ik ben een monster."

Ten langen leste zei Elsbeth, "Alleen een lafaard is bang voor wat andere mensen denken, Robert. Een lafaard van het ergste soort. Iemand die wegrent bij gevaar is wijs, maar iemand die wegrent om wat anderen denken, zeker als hij weet dat hij gelijk heeft, verloochent zichzelf."

"Oké," zei Robert, somber uit het raam kijkend. "Oké, ik zal het proberen."

Hij verbond zijn gezicht en ging met Elsbeth mee naar de supermarkt. Niemand lette op hem en dat gaf Robert moed.

Een week later pakte hij zijn krantenwijk weer op. Hij verbond zijn gezicht nog steeds, maar minder uitvoerig. Op de vierde dag kwam hij Carr Pendry tegen die van school naar huis fietste. Carr gebaarde heftig. Robert stopte en gleed van zijn fiets. Carr draaide om en reed op hem af.

"Hoi," zei Robert.

"Hoi." Carrs ogen bleven op het verband rusten. "Ik hoorde dat je uit het ziekenhuis was. Hoe voel je je?"

"Oké."

Carr knikte. Hij was stevig en solide, met een vierkant gezicht en een bos goudkleurig haar. Hij vroeg botweg, "Hoe gaat het nu verder met mijn scooter?"

"Wat bedoel je?" vroeg Robert onzeker.

"Dat ding is compleet vernield, nietwaar?"

Robert had niets te zeggen.

"Ik hoorde dat je een flink bedrag hebt gekregen van de verzekeringsmaatschappij," zei Carr. "Mijn vader zegt dat jij verantwoordelijk bent voor de schade."

Robert keek ongemakkelijk de straat in. "Ik ga niet betalen voor iets dat ik niet gedaan heb."

"Maar jij reed erop!" Carr begon boos te worden.

"Het spijt me," zei Robert. "Meneer Hovard reed mij aan. Ik ga niet betalen voor de schade die hij veroorzaakt heeft. En zeker niet omdat Julie Hovard stuurde."

Carr knikte bitter. "En dat is dan mijn dank voor het uitlenen van mijn spullen aan anderen."

"Ik reed jouw route. Het had jou kunnen overkomen!"

Carr keek geschrokken. "Daar heb ik nooit aan gedacht. Ik heb geloof ik mazzel gehad."

"Ik niet, geloof ik."

Carr leunde naar voren, turend naar het verband. "Ben je erg verbrand?"

"Ja."

Carr deed een stap vooruit. "Laat eens zien hoe het eruit ziet."

"Niks bijzonders." Robert draaide om, klaar om weer op zijn fiets te stappen.

"Ah, kom op."

Robert schudde zijn hoofd. "Wacht maar tot ik plastische chirurgie heb gehad."

"Wanneer is dat dan?"

"Dat weet ik nog niet. Snel."

Carr riep over straat: "Hé, Grant!"

Grant Hovard kwam aanslenteren. Hij was vijftien, een slungelige bonenstaak. Zijn hoofd leek op dat van zijn vader, laag en rond, met kortgeknipt zacht zwart haar dat leek op een dikke lap vilt. Hij had grote uitpuilende ogen.

Hij leunde tegen de stam van een acaciaboom die naast de stoeprand groeide.

"Hoi, Grant," zei Robert. Hij zwaaide zijn been over het frame van zijn fiets.

"Wacht eens even," zei Carr.

Onbehaaglijk pakte Robert het stuur stevig beet. Carr stond bekend om zijn plotselinge onbesuisdheid. Er gingen geruchten dat hij, wanneer hij driftig werd, regelmatig zijn zus Dean in elkaar sloeg.

Grant Hovard leunde achterover tegen de boom. "Wat is er aan de hand?"

"Robert vertelde me net over zijn ongeluk," zei Carr. "Wat vind jij ervan als iemand andermans scooter vernielt, maar er dan niet voor wil betalen?"

Grant haalde zijn schouders op, keek Robert zijdelings aan.

"Hij zegt dat Julie hem aanreed."

"Dat is gekkigheid," zei Grant.

Carrs ogen stonden groot en brutaal. "Hij zegt dat-ie lelijker is dan jij."

"Misschien wel," zei Grant. "Dat moet-ie dan wel bewijzen natuurlijk."

"Ach stik," zei Robert, die het bloed onder zijn littekens voelde kloppen. Hij duwde Carr bij de voorkant van zijn fiets weg. "Ik moet kranten bezorgen."

"Wacht eens even," zei Grant. "Jij beweert dat je lelijker bent dan ik?"

"Het kan me niet schelen of dat zo is," zei Robert gespannen.

Carr lachte spottend. "Daar moesten we dan maar eens achter zien te komen, hè Grant?"

"Ik heb een naam hoog te houden," zei Grant, ondanks dat er in zijn hoofd iets huiverend ineenkromp. "Laten we maar eens kijken."

Robert probeerde weg te rijden, maar Grant greep hem van achter onder zijn oksels. Samen struikelden ze over de fiets en vielen in het droge gras tussen de straat en de stoep. Carr deed een greep naar het verband; de pleisters trokken los van het bleekroze weefsel.

Ze keken in Roberts gezicht. Carr liet het verband vallen alsof het zwaar verontreinigd was. Grant stond op, deed een stap naar achteren.

Robert voelde zich ineens een ander mens — sterk en snel als de wind. Hij strekte zijn arm, greep de fietspomp uit de houder op Carrs fiets en sprong overeind.

"Kijk uit," mompelde Grant.

Carr struikelde. Robert raakte hem op zijn oor en haalde toen uit naar Grant, maar Grant sprong weg.

Carr probeerde op te staan. Robert sloeg hem nog een keer en Carr viel terug op zijn knieën. Robert tilde zijn arm weer op, maar Grant griste de pomp uit zijn hand. Robert stormde op Grant af en duwde hem met zijn rug tegen een omheining. Grant gilde van schrik en pijn, maar wist zich los te wurmen.

Carr wankelde naar voren. Robert haalde uit met zijn vuist, voelde de warme prop van Carrs neus onder zijn knokkels, en de straal bloed. Grant kwam op hem af met de fietspomp. Robert rende hem tegemoet. Grant schrok terug en stond hijgend stil.

"Pas maar op." Hij bracht de pomp omhoog. "Ik neem je te grazen."

Robert keek naar Carr die een zakdoek tegen zijn neus hield. Een paar seconden lang hing er een vreemde stilte. Toen liep Robert naar zijn fiets, stapte op en reed weg.

Pas een blok verderop herinnerde Robert zich zijn verband. Hij lachte. Zijn gezicht was naakt en het leek bijna alsof zijn hele lijf naakt was. Hij voelde zich immens sterk en dat had hij aan zijn gezicht te danken. Dat gaf hem een geduchte, vervaarlijke kracht.

Vanaf dat moment verbond Robert nooit meer zijn gezicht.

Eind oktober bezochten hij en Elsbeth het streekziekenhuis. Het 'studiefonds' was inmiddels geslonken tot $800.

Dr. Sunderland onderzocht Roberts gezicht. "Het heelt goed. Je hebt sterk weefsel, Robert."

"En hoe zit het met plastische chirurgie?" vroeg Elsbeth.

De dokter leunde achterover in zijn stoel. "Om heel eerlijk te zijn, mevrouw Struve, het is een flinke klus — werk voor een specialist. Het gaat niet alleen om een huidtransplantatie, maar zijn hele gezicht moet worden gemodelleerd. Ik suggereer dat u Banbery raadpleegt, in San Francisco. Dr. Felix Banbery. Hij is de beste op dit gebied."

"Is hij duur?" waagde Elsbeth het te vragen.

Dr. Sunderland glimlachte kwiek. "Dit soort operaties zijn altijd duur. U kunt de kliniek proberen — maar die maken al overuren met alle spoedgevallen."

Elsbeth stond op. "Dank u, Dr. Sunderland."

Ze liepen de trap af naar de streekkliniek in de kelder. De zuster was bezig met papierwerk; het leek Elsbeth alsof ze maar met een half oor luisterde.

Elsbeth legde het probleem uit. De zuster inspecteerde Elsbeths kleren, goedkoop maar met zorg uitgekozen. "U bent onbemiddeld?"

Haar toon deed Elsbeth steigeren. "We zijn geen paupers; we —"

De zuster onderbrak haar, "Ik kan uw naam opschrijven, maar de komende twee maanden zitten we compleet vol. Realiseert u zich ook dat uw zoon volledig geïmmobiliseerd wordt; hij zal maanden stil moeten blijven liggen."

"Maar hij begint straks op de middelbare school," protesteerde Elsbeth. "Kan het niet in de weekenden gebeuren? Of na school?"

De zuster schudde haar hoofd. "Nee mevrouw."

Elsbeth liet haar naam achter waarna ze met Robert naar huis ging. Robert vond dat ze er nog nooit zo oud uit had gezien. Hij liep rusteloos door de kamer, pakte tijdschriften op, raakte de aardewerken beeldjes aan die Elsbeth zo schattig vond: schelmse poesjes, steigerende herten, eekhoorns, puppy's, stinkdieren. Elsbeth zei, "Ik weet niet wat ik moet doen. Ik weet echt niet wat ik moet doen."

"Ik wil niet naar het ziekenhuis."

Elsbeth schudde het hoofd. "Maar je móét, Robert!" Ze dacht na. "Als ik een goede baan in de stad kon krijgen, dan zouden we in ieder geval dichtbij de dokter zijn..."

"Ik moet mijn krantenwijk doen," zei Robert. Elsbeth sprong op en knuffelde hem stevig, de tranen brandend in haar ogen.

De telefoon rinkelde. Het was mevrouw Agnes Sadko, officemanager bij Hegenbels. Ze klonk erg afstandelijk. "Weet u zeker dat u er morgen weer bent?"

"Absoluut, mevrouw Sadko."

"Prima, mevrouw Struve. We zien u morgenvroeg."

De volgende dag nam mevrouw Sadko Elsbeth apart. "Mevrouw

Struve, ik weet dat u onder grote druk hebt gestaan en wij leven allemaal met u mee. Maar het werk hier op kantoor lijdt eronder. We zullen hier toch een afspraak over moeten maken."

Elsbeths hart klopte in haar keel. "Een afspraak?"

Mevrouw Sadko schraapte haar keel. "Het werk moet gedaan worden, daar zijn we hier voor…We lopen achter."

Elsbeth slaakte een diepe zucht. "Ik denk dat we het ergste nu achter de rug hebben. Robert is weer beter. We hebben besloten voorlopig te wachten met plastische chirurgie."

Mevrouw Sadko knikte bruusk. "Wel, ik ben blij om te horen dat u alles weer op de rit heeft."

Hoofdstuk III

In januari begon Robert op de middelbare school. Elsbeth had zichzelf wijsgemaakt dat er eigenlijk niets gebeurd was; dat Robert net als de andere jongens was. En hoewel Robert niet de meest opgewekte was, was hij in ieder geval niet aan het kniezen. Hij paste zich makkelijk aan de schoolroutine aan en wijdde zich met een opmerkelijk fanatisme aan zijn huiswerk. Was hij vroeger al nooit erg open; nu was hij nog geslotener dan een oester.

Tot Elsbeths verbazing en lichte afkeuring besloot Robert tijdens het tweede semester om football te gaan spelen. Hij droeg een draadmasker en oefende met hetzelfde fanatisme als waarmee hij zich aan zijn huiswerk wijdde. Het stond dus eigenlijk ook wel vast dat hij toegelaten zou worden tot de Junior Varsity.

De quarterbacks van de JV waren Alonzo Sanguarez, een Mexicaan uit de brugklas en Carr Pendry, tweedejaars en een voetbalseizoen verder dan Robert. Alonzo was snel en had een goed balgevoel; Carr was slim, onbezonnen en zelfverzekerd. De coach vond ze ongeveer gelijkwaardig.

Carr trapte de eerste wedstrijd van het seizoen af, tegen Calmetta. Na twee minuten was al duidelijk dat Carr niet van plan was om Robert een kans te geven. Gedurende het hele eerste kwart gaf hij de bal af aan de linker halfback Ron Caffrey, fullback Jim Smith, of gooide passes. Robert deed zijn werk, tackelde, blokte en probeerde te onderscheppen.

De wedstrijd liep niet lekker voor San Giorgio. Calmetta was een sterke, onverzettelijke tegenstander. Ze onderschepten een van Carrs passes en maakten een touchdown. Aan het begin van het tweede kwart gaf Carr Robert de opdracht om met de bal door de linie van de tegenstander te breken. Dat was het moment waarop hij gewacht had. Op het moment dat de bal zijn handen raakte, leek deze ermee te versmelten. De armen en schouders van Calmetta gingen als vanzelf uit de weg. En daarna rende hij volkomen vrij. Touchdown.

Dit gaf Robert een grimmig soort plezier, hij was tevreden, maar niet verrast. Nu probeerde Carr te bewijzen dat Robert puur geluk had gehad en gaf zes keer achter elkaar de bal af aan Robert. Vier keer brak Robert los en boekte flinke terreinwinst; de laatste keer scoorde hij een touchdown.

Daarna speelde Carr Robert geen enkele bal meer toe. In plaats daarvan probeerde hij Robert te overschaduwen door een serie briljante passes te gooien, die twee keer werden onderschept en waarvan er een resulteerde in een Calmetta touchdown.

Tijdens de rust sloeg de coach Robert op zijn schouder. "Goed werk, jongen. Probeer alleen niemand te vermoorden daarbuiten."

Tijdens het derde kwart kwam Alonzo Sanguarez in het spel als quarterback. Robert scoorde nog twee touchdowns.

Het team draaide een succesvol seizoen, alles winnend op de wedstrijd tegen Paytonville na. Elsbeths aanvankelijke afkeuring sloeg om in vreugde en trots. Ze stelde voor een feestje voor het footballteam te organiseren, maar Robert wees dit van de hand met een kribbigheid waar ze beduusd van was.

Plastische chirurgie was nog steeds een middellange termijn project. De kliniek had niet gebeld voor een afspraak en Elsbeth stelde het navragen steeds weer uit, bang om als lastpost gezien te worden.

Het footballseizoen ging voorbij, kerstmis kwam en ging, en nu liep het voorjaarssemester alweer op zijn eind. Elsbeth nam zich voor tijdens de vakantie iets aan Roberts gezicht te doen. Maar begin juni accepteerde Robert een baantje als magazijnbediende bij Hegenbels. Elsbeth voelde zich er wat ongemakkelijk bij maar was ook wel enigszins opgelucht. Tenslotte hadden ze er eigenlijk het geld ook niet voor.

De zomer was voorbij; Robert begon aan zijn vierde semester. Zijn cijfers waren nog steeds uitstekend; hij kwalificeerde zich voor de California Scholarship Federation en het hoofd van de school besprak de verschillende mogelijkheden voor een studiebeurs met hem. Robert was wel geïnteresseerd maar bleef vaag; hij had nog geen duidelijk beeld van de toekomst. En dan was er ook altijd nog die plastische chirurgie die hij vroeger of later zou moeten ondergaan. Hij speelde halfback in het Varsity football team. Carr was tweede quarterback na Harold Garrow. De verdediging was zwak en de competitie was sterk. San Giorgio had een slecht jaar, met twee gewonnen en zes verloren wedstrijden.

Er ging nog een kerst voorbij, nog een voorjaarssemester en nog een diploma-uitreiking. Grant Hovard studeerde af. De zomer ging voorbij.

Het najaarssemester begon. Grant Hovard ging naar Stanford om medicijnen te studeren. Carr was nu laatstejaars; zijn knappe zus, Dean, een brugklasser. Julie ging naar groep acht.

Weer ging een footballseizoen voorbij. San Giorgio en Paytonville eindigden samen bovenaan in de competitie en Robert verwierf een zekere grimmige reputatie in de streek. Hij stond bekend als 'Het Gezicht', of 'Geen-Gezicht'; soms als 'Het Gemaskerde Wonder'; en één keer zelfs, in een sportcolumn, als de "Rode Wolf van San Giorgio — als 't ie ze niet uit de weg blaast, jaagt ie ze wel de stuipen op het lijf."

Het mooiste meisje van de school was Cathy McDermott, een tweedejaars. Ze was slank en had een mooi figuur. Haar haar had de kleur van zwarte koffie en hing tot over haar schouders; ze had donkere poëtische ogen. Haar vader was Ralph McDermott, president en hoofdaandeelhouder van de San Giorgio Bank van Lening. Ze woonden naast de Pendry's op Jamaica Terrace.

Op een dag raapte Robert al zijn moed bij elkaar en vroeg haar mee uit. Door de zenuwen trilde zijn stem helemaal. Met een even zenuwachtige stem vertelde ze hem dat ze al helemaal volgeboekt was. Een tijdje later liep hij toevallig achter haar in de gang toen ze haar vriendin Lucia Small erover vertelde.

"En wat heb je gezegd?" vroeg Lucia.

"Wat kon ik zeggen? Ik heb hem verteld dat ik de komende tien jaar volgeboekt ben."

Op dat moment zagen ze Robert en vielen stil.

"Hoi," zei Robert.

"Hoi," zei Cathy met een zachte stem.

Carr Pendry kwam op hen toe en gaf Cathy een vriendelijk tikje met zijn boeken. "Wat gebeurt hier? Probeert Robert er met mijn vriendin vandoor te gaan?"

"Min of meer," zei Robert. "Maar vooral min."

Hij liep weg.

Carrs studentenclub was Rho Sigma Rho, net iets exclusiever dan Beta Zeta. De meisjesstudentenclubs waren Nu Alpha Tau (oftewel de NATs) en Tri-Gamma — ook bekend als 'De Fortuinlijke Dertien' omdat het aantal leden beperkt was tot dit aantal. Brugklassers konden als aspirant worden uitgekozen op 'labeldag' net voor de examens, met 'de helleweek' in september en de inwijding in oktober van het daaropvolgende semester.

Julie Hovard maakte korte metten met dit systeem. Ze begon op de middelbare school aan het begin van Roberts laatste jaar; het stond wel vast dat ze voor het eind van het jaar aspirant zou zijn bij de NATs of Tri-Gamma. Zelf wilde ze naar Tri-Gamma. Haar beste vriendin, Cathy McDermott, was al aspirant van Tri-Gamma, samen met Dean Pendry en Lucia Small, de dochter van de oude Rechter Small.

Cathy, Dean en Lucia waren allemaal tweedejaars, een jaar of twee ouder dan Julie. Dean had kastanjebruin haar, voluptueuze vormen en een mooie blanke huid. Ze was vijftien maar zag er ouder uit; ze ging ook uit met jongens van de universiteit.

Lucia had een heel andere kijk op het leven. Ze was lang, aristocratisch en levendig. Ze had donker haar, een doordringende blik en een haviksneus. Ze sprak over een carrière in de psychologie en was van plan om naar het Radcliffe te gaan.

Tijdens de zomer verhuisde Marian Scheib naar Pasadena, waardoor er een plek vrijkwam in Tri-Gamma. Julie besloot hier gebruik van te maken. Ze zei tegen een van de NATs dat ze waarschijnlijk naar Tri-Gamma zou gaan en suggereerde tegen Anne Bresdick, de voorzitter van Tri-Gamma, dat ze al door de NATs gevraagd was.

Wat volgde was een vier dagen durend getouwtrek rondom Julie met als eindresultaat dat Julie per direct aspirant werd van Tri-Gamma.

Julie was nu bijna veertien, het toonbeeld van jeugd en vitaliteit. Ze kwetterde en lachte en speelde spelletjes; ze zag eruit alsof ze alles in de wereld een geweldige verrassing vond. Ze flirtte met iedereen, was vrolijk en onbekommerd. Ze zat tegenover Robert in de studiezaal waar hij onmogelijk zijn ogen van haar kon afhouden. Julie flirtte net zo makkelijk met hem als met alle anderen; makkelijker dacht Robert soms... maar nee, dat kon niet waar zijn... en toch — het was weer footballseizoen. Robert was een beroemdheid. Hij was uitgeroepen tot de meest effectieve halfback in de geschiedenis van San Giorgio.

"— verbazingwekkend, de verandering die hij ondergaat," verklaarde Bing Burns, sportredacteur van de *Herald-Republican*. "Een footballtenue lijkt het verschil te maken tussen een stille, teruggetrokken jongen en een verscheurende tijger. Omdat Robert Struve gewoon niet te stoppen is. Hoe zwaarder het wordt, des te harder gaat Robert. Niet omdat hij groot is, of zwaar, of snel, hij weigert gewoon om op te geven..."

Hij had al aanbiedingen van Southern California, het Pacific College in Stockton en de Universiteit van Maryland.

Op 27 september vierde Robert zijn achttiende verjaardag. Elsbeth bakte een kleine taart, grilde een kip en kocht een fles rode wijn. Ze aten bij kaarslicht en ter ere van de gelegenheid dronk Robert een glas wijn.

Elsbeth keek hem liefdevol aan. Hij had een stevig en sterk gestel en was ongeveer 1 meter 80 lang. Zijn haar was kortgeknipt. Elsbeth dacht als zijn gezicht maar weer in orde was, dan zou hij zo'n knappe jongen zijn... Zodra hij afgestudeerd was — plastische chirurgie.

Na het eten ging Robert naar zijn kamer. Deze keer niet om te studeren. Hij las de brief die Barbara Fisher hem eerder die dag in zijn handen had gedrukt zorgvuldig. Barbara was een belangrijk meisje op school. Haar gezicht was een brutaal driehoekje, ze had losse blonde krulletjes en zag eruit als een fotomodel. Ze was Tri-Gamma, een van de Fortuinlijke Dertien.

De brief was kort en verlokkend:

Lieve Robert,

De Fortuinlijke 13 bijten de spits af! Je bent uitgenodigd voor de inwijding van onze vier aspiranten: Lucia Small, Cathy McDermott, Julie Hovard en Dean Pendry. Moeten we nog vertellen dat dit geheim is? Komende zaterdagavond, in het huis van de Martins op Vinedale Road. Je weet waar het is. Laat me weten als je niet kunt komen.

Het idee fascineerde Robert. Hij kreeg visioenen van meisjes-
rituelen — hun mooie jonge lichamen — gekkigheid — ophouden...
Julie Hovard... Er krampte iets in zijn maag. Hij zou er niet naartoe
gaan. Waarom hadden ze hem überhaupt gevraagd?

De volgende dag wachtte hij Barbara Fisher op bij haar locker. "Wat
gaat er gebeuren bij die inwijding?" vroeg hij haar.

Ze keek hem zijdelings aan en keek daarna in haar locker. "De
gebruikelijke dingen. Een inwijding. En na afloop is er een feest. Heb je
geen zin om te komen?"

"Nee," zei Robert, "niet bepaald."

"De rest van het team is ook uitgenodigd," zei Barbara.

"Oh," zei Robert. Hij had gedacht dat ze hem alleen hadden uitgenodigd.

Ze wierp hem nog een snelle blik toe. "Kom je?"

"Ik weet het nog niet."

"Wat is er?" vroeg ze. "Ben je bang?"

"Oké," zei Robert stroef. "Ik zal er zijn."

"Weet je het zeker?" zei Barbara.

"Ja," zei Robert.

Ze knikte kort en liep weg door de hal.

Toen Robert die avond naar bed ging bleef het visioen bij hem.
Hij droomde dat hij in de gymzaal met Julie danste op een van de
dansavonden waar hij anders nooit naartoe ging. De muziek viel stil;
Julie keek hem met zo'n veelbetekenende blik aan, dat zijn hart ervan
oversloeg. Hij strekte zijn armen naar haar uit, maar ze lachte en danste
weg. Daarna rende ze terug, pakte zijn handen en nam hem mee naar
buiten, naar een grote sedan die onder de bomen stond. Hij opende de
deur en ze stapte in waarna hij zelf ook instapte... Robert werd wakker.

Met bonkend hart lag hij stil in bed. Hij wilde weer verder slapen,
verder dromen... Hij voelde aan zijn gezicht. De littekens voelden hard
aan, zo egaal als worstjes. "Ik vraag me af," fluisterde Robert tegen zichzelf. "Ik vraag me af..."

De volgende dag, met de droom nog vers in zijn geheugen, keek
hij naar Julie in de studiezaal. Hij bestudeerde de rondingen van haar
jonge heupen, haar puntige kleine borsten. Op de een of andere manier
voelde hij zich dichter bij haar staan dan anders. Ze keek op, zag dat

hij haar aankeek, trok een vriendelijke grimas, half knikkend, half haar neus rimpelend en ging weer aan het werk.

Robert boog zich weer over zijn boeken. Wat ging er in haar om? Realiseerde ze zich wel dat zij verantwoordelijk was voor zijn gezicht? Ze leek zich nergens van bewust…was ze het vergeten? Hij keek opnieuw op en zag dat ze hem bestudeerde. Ze glimlachte niet, maar kauwde nadenkend op haar potlood. Hij vroeg zich af of hij haar mee uit zou durven vragen…

Hoofdstuk IV

De zaterdag van de inwijding stond er geen footballwedstrijd gepland.

Elsbeth kwam thuis van het werk en ging direct door naar bed, zodat Robert zijn eigen avondeten maakte. Toen het tijd werd om te gaan, lag Elsbeth te slapen.

Robert ging naar het huis van Bob Goble, die hij in zijn auto aantrof, een uitgeklede V-8. Er waren ook twee verdedigers bij hem: John Strykos en Babe Bazzari. Zij zaten voorin met een kruik sherry waar ze beurtelings uit dronken; achterin lagen nog twee kruiken.

De drie begroetten Robert als de spreekwoordelijke verloren zoon en duwden hem op de achterbank. Robert voelde zich zowel verheugd als gegeneerd.

Bob gaf de kruik door aan Robert. John Strykos zei, "Verrek, geef Robert maar een volle; hij is een grote vent."

Robert mompelde een soort van protest, maar toch opende hij een kruik en nam een teug. Het was geen slecht spul; het had een ondertoon van olijven en noten en deed de binnenkant van zijn mond samentrekken.

"Ik geloof niet dat de coach hier erg blij mee zou zijn," zei Robert grappend.

"Dit spul doet een man goed," zei Bazzari. "Je krijgt er stoom van in je leidingen."

"Yeah," zei Robert en nam nog een slok.

"Hey," zei John, "het is acht uur. Laten we beginnen."

"Kom op, kom op," beaamde Bazzari, "laten we gaan!"

Het huis van de Martins op Vinedale Road stond al acht maanden leeg. Het was een ouderwets boerderijachtig huis, met bruine dakpannen en was half overwoekerd door klimop. De voordeur kwam uit in een echoënde woonkamer met donkere houten lambrisering die met een boog was verbonden met de eetkamer en de keuken daarachter. Vanuit de hal had je toegang tot twee slaapkamers en een badkamer. Een groot oud huis, vol met spoken en vage geluiden. Een dozijn cipressen rees hoog de lucht in; de grond was donker, vochtig en stonk zuur. Hamilton Duncan, de huidige eigenaar, had het huis aangenomen als betaling voor een schuld, maar kon er met geen mogelijkheid meer vanaf komen.

Dorothy Duncan was een Tri-Gamma. Haar vader had haar toestemming gegeven om het huis te gebruiken voor de inwijding. "Maar wees voorzichtig," waarschuwde hij. "Geen vuurtjes stoken en niet te veel lawaai maken, anders heb je zo de sheriff op de stoep staan."

Om twaalf uur die zaterdagmiddag arriveerden acht van de negen leden — met uitzondering van Barbara Fisher — bij het huis van de Martins; ze openden de deuren en ramen, veegden de hardhouten vloeren en stalden de geheime attributen van het genootschap uit.

Er stonden alleen een uitgezakte sofa en een paar krakkemikkige stoelen in het huis; de meisjes stelden deze op in de woonkamer en legden dekens langs de muren op de grond.

Om vier uur arriveerde Barbara Fisher met de vier aspiranten en de versnaperingen die de aspiranten hadden moeten aanschaffen. De aspiranten werden op de veranda opgesteld en daarna geblinddoekt door de woonkamer naar een van de slaapkamers geleid; hier pas mochten ze hun blinddoek afdoen. Op de grond lag een stapel jutezakken en een schaar.

"Oké, meiden," zei Anne Bresdick. "Daar liggen jullie kleren voor vandaag."

"Wat wil je dat we doen?" vroeg Julie.

"Jullie trekken je kleren, schoenen en sokken uit. De rest is aan jullie. Er zijn twee zakken voor iedereen."

Door op de juiste plekken gaten te knippen maakten de meisjes kleren van de zakken. Een zak voor een rok en de andere als blouse.

Om halfvijf kwamen Barbara Fisher en Anne Bresdick de slaapkamer in. Ze blinddoekten de meisjes opnieuw en namen hen mee naar de woonkamer, waar ze werden opgesteld met hun rug naar de gewijde tafel toe.

De aspiranten werden besproeid met reinigende vloeistoffen. Anne Bresdick, voorzitter van het genootschap, sprak hen met een plechtige stem toe en de ceremonie nam een aanvang.

Om zes uur mochten ze de blinddoeken afdoen, waarna de kaarslichtceremonie kwam. Het was donker in de kamer; alleen een grote groene kaars gaf licht. Elk lid hield een eigen kaars vast; de aspiranten kregen ieder een nieuwe.

"Elk van deze dertien kaarsen staat voor een van ons," zei Anne. "Deze houden we ons hele leven bij ons. Dit zijn onze heilige kaarsen die we alleen tijdens bijzondere momenten in ons leven aansteken.

"Jullie mogen nu elk je kaars aansteken aan de heilige groene kaars van het genootschap."

Met plechtige bleke gezichten stak elk van de vier aspiranten haar kaars aan. De negen leden liepen naar de tafel en deden hetzelfde.

Nu werden de aspiranten ingezworen; ze verplichtten zich ertoe om nooit de geheimen van het genootschap te onthullen en hun zusters door dik en dun te zullen bijstaan.

Hierna kwam een ceremonie met een lichtelijk erotisch karakter. Elke ingewijde liet haar juten rok en step-in zakken en ging met het gezicht naar de muur staan. Lucia Small maakte verontruste protesterende geluidjes. Dean Pendry bloosde opgewonden. Cathy McDermott stond stil als een standbeeld. Julie Hovard wachtte.

"Eens een Tri-Gamma, altijd een Tri-Gamma," sprak Anne Bresdick zingend. De ingewijden zongen terug, "Eens een Tri-Gamma, altijd een Tri-Gamma."

"Eens een Tri-Gamma, altijd een Tri-Gamma," zong Anne, en de ingewijden zongen droefgeestig terug — keer op keer, de liturgie alleen zo nu en dan onderbrekend met een gil wanneer ze in hun bil werden geprikt met een naald met zwarte inkt: getatoeëerd.

"Waar jullie ook gaan of staan, jullie zijn nu officieel Tri-Gammas!"

"Moet ik ook iedere keer mijn achterste laten zien als iemand vraagt of ik Tri-Gamma ben?" gromde Lucia terwijl ze hun kleren weer aantrokken.

Elke aspirant schreef vervolgens haar naam op een briefje, bekrachtigde het met een druppel bloed en plakte dit vervolgens over de naam van het meisje van wie ze de plaats innam. De kaarsen werden uitgeblazen en de ingewijden kregen felicitaties voor het succesvol doorstaan van de eerste fase van de beproeving.

"Eerste fase?" riep Julie. "Tjemig, moeten we nog meer ondergaan?"

"Jullie proeftijd loopt tot exact een week na vanavond — daarna zijn jullie volwaardige leden."

Cathy McDermott wreef over haar nieuwe tattoo. "Het jeukt... Er komen toch niet meer van dit soort dingen, hoop ik?"

"Geen vragen," zei Anne streng.

Het was nu 7:30; de jongens konden er elk moment aankomen. De aspiranten kregen instructies over hun taken en de leden trokken zich terug in de keuken om cola te drinken.

Om acht uur arriveerden er vrijwel tegelijkertijd twee auto's. De jongens stroomden eruit en beklommen luidruchtig de verandatreden.

Julie opende de deur met een sierlijk armgebaar, deed een stap terug en knielde onderdanig terwijl de jongens naar binnen marcheerden. Cathy, Lucia Small en Dean Pendry maakten diepe buigingen en begeleidden ze naar de kamer.

Anne, door een kier in de deur kijkend, fluisterde, "Ze hebben gedronken." Ze giechelde.

Robert, glunderend alle kanten op kijkend, liep naar een stoel in de hoek. Hij had nog steeds de kruik met sherry in zijn handen en, om zijn aangeboren slechtheid te bewijzen, zette hij de fles aan zijn mond en nam een slok.

"Robert," zei Julie, "daar kun je beter mee stoppen; straks ben je zo zat dat je niet meer weet wat je doet."

"Ik weet precies wat ik doe," zei Robert en dat klopte; hij was nog nooit zo buitengewoon helder geweest. Hij strekte een arm uit naar Julie die terugdeinsde.

"Kalm aan, Robert," riep Bob Goble. "Dat komt later pas."

De negen leden maakten hun entree. De aspiranten stonden diep gebogen aan de kant. Anne draaide zich om, maakte een koninklijk gebaar met haar arm. "Slaven! Dien het ceremoniële banket op!"

"Oh boy! We gaan eten!" riep Babe Bazzari. "Wat hebbie allemaal?"

De aspiranten kropen binnen met sandwiches, chips, cola en een traytje bier.

"Voor het geval er iemand dorst heeft," zei Barbara met een schuin oog naar Robert.

"Een nobele gedachte!" zei Omar Williams, de flitsende linker half-back. Omar was een groot bewonderaar van Robert; hij bespeurde in Robert iets van de oude kruisvaardersmentaliteit, een meedogenloze supersnelle roekeloosheid.

Robert, zich er totaal niet van bewust dat wie dan ook hem respecteerde of bewonderde, at stilletjes zijn tweede sandwich en dronk bier.

Iemand vroeg wat het avondprogramma was; Barbara vroeg uitdagend wat ze wilden doen.

"Verrek," zei John Strykos, "dit is een inwijding; we hadden zo gedacht dat jullie ingewijd wilden worden."

"Je vergeet," zei Anne waardig, "dat dit een serieuze gebeurtenis is — een Tri-Gamma inwijding."

"Laten we drinken op de inwijding en hopen dat het zo blijft."

"Zoals je wilt. Doe mij maar een cola."

"Ah, kom op. Neem een slok sherry. 't Is goed spul!"

"Nee meneer. Drink het zelf maar als je het zo lekker vindt."

In de hoek nam Robert een slok en realiseerde zich direct dat dit een vergissing was. Zijn hoofd begon te tollen; de kamer was licht en donker tegelijk. Wat rondlopen zou misschien helpen — of nog beter, even uitrusten in de andere kamer... Hij stond op en strompelde door de hal een van de slaapkamers binnen. Iemand rende achter hem aan: een van de meisjes. Achteraf kon hij zich niet meer herinneren wie het was.

"Hierbinnen is het niet, Robert — er is er zelfs niet eens een. Het water is afgesloten. Je zult naar buiten moeten gaan."

"Wil alleen maar even rusten," mompelde Robert met een dikke stem. "Wil alleen maar een paar minuten zitten."

"Oh. Wel, er is daar alleen maar vloer... Als je naar buiten wil, die deur daar komt uit op de veranda."

"Bedankt." Robert ging met een bons zitten, met zijn rug tegen de muur en zijn hoofd op zijn borst.

Uit de woonkamer kwam een mengelmoes van geluiden: stemmen, gelach, muziek uit een draagbare radio, het geluid van dansende voeten...

Anne zei, "Nu krijgen we een uitvoering — een echte talentenjacht! Tri-Gamma heeft net vier lieflijke jongedames aan zich weten te binden en vanavond — maar alleen vanavond — doen ze alles wat jullie vragen."

"Zei je alles?" zei John Strykos.

"Er zijn grenzen. Dit is tenslotte de Tri-Gamma."

"Oké, laat ze dan de cancan maar eens dansen."

Julie, Cathy, Lucia en Dean dansten hun interpretatie van de cancan.

"Nu mogen ze een striptease doen."

"Ik weet niet hoe," zei Julie.

"Er is niks aan. Je trekt gewoon je kleren uit."

"Dat gaat te ver," zei Dorothy Duncan.

"Wel, laat ze dan een striptease doen zonder hun kleren uit te doen. Gewoon alsof."

"Nou — ik veronderstel dat we dit wel als onderdeel van hun opleiding kunnen zien."

De vier meisjes voerden onhandig bewegingen uit alsof ze hun kleren uittrokken.

"En nu," zei Bob Goble, "moeten ze allemaal naar de andere kamer gaan en Robert kussen."

Robert voelde zich beter. Hij haalde diep adem; zijn hoofd zat weer stevig verankerd op zijn nek. In de woonkamer hoorde hij een harde lach, protesterende stemmen en andere stemmen ruzie maken. Hij hoorde voetstappen in de gang; de deur ging open. Cathy McDermott kwam binnen met een kaars in haar hand, gevolgd door Dean Pendry en Lucia Small. Julie, die in de keuken bierblikjes aan het openen was, was er nog niet bij. Robert sloot zijn ogen en deed alsof hij sliep.

Het was volkomen stil. Hij voelde hun ogen op zijn gezicht. Het bloed begon te kloppen in zijn littekens. Hij hoorde Cathy fluisteren, "Hij is onder zeil. Compleet bezopen."

Robert ademde harder en vocht tegen de aandrang zijn ogen open te doen.

"Luister," fluisterde Lucia, "laten we teruggaan en zeggen dat we hem gekust hebben. We hoeven het niet echt te doen."

"Jakkes," zei Dean. "Ik zou er ook niet tegen kunnen."

"Ik ook niet," zei Cathy. "Iedereen behalve Robert. Echt iedereen."

In Roberts brein ontbrandde er een vuur; hij wilde opspringen, slaan, vloeken, pijnigen...

Cathy zei ongerust, "Hij is toch wel dronken? Volgens mij zag ik zijn gezicht bewegen."

"Snel," zei Lucia. "Hier, smeer wat lippenstift op zijn gezicht."

"Doe jij maar," giechelde Cathy. "Ik wil hem niet aanraken."

"Oh, laat die lippenstift maar zitten. Laten we teruggaan. En onthoud, we moeten een vies gezicht trekken en doen alsof we walgen..."

Hij hoorde ze de kamer uitgaan en sprong op, ging tegen de muur staan en staarde in het donker. In zijn hersenen begon zich iets hards en heets te vormen. Hij balde en ontspande zijn handen, voelde hoe de spieren in zijn armen bewogen.

Het was ineens allemaal volkomen duidelijk. Hij had het al een tijd gevoeld — maar nu was het kristalhelder. Ze haatten hem. En hij haatte hen...

Julie kwam binnen met een kaars in haar handen. Ze keek hem aan en grinnikte schaapachtig. "Ze zeiden dat je sliep."

"Ik slaap niet."

Aarzelend kwam ze een stap dichterbij. "Ik moet je kussen."

Robert nam een diepe teug adem; alle zuurstof van de wereld kwam in zijn longen en zijn bloedsomloop; helemaal tot in zijn hoofd. De droom...De droom...Hij herinnerde zich de droom...

"Julie, zet die kaars neer."

"Oh — Robert — laten we het niet te ingewikkeld maken."

Een bitter stemmetje bromde in Roberts hoofd...Weet je nog van die droom? zong een ander stemmetje. Het bloed klopte in zijn oren. Hij zette een stap naar voren. Julie zei, "Robert, kijk uit! De kaars!"

Robert sprak met een dikke stem. "Waar kijk je naar?"

"Naar jou natuurlijk." Ze lachte nerveus.

"Je vindt mijn gezicht lelijk, of niet?"

"Wel — het kon beter."

"Ja. Dat denk ik ook."

"Oh Robert, je moet dat soort dingen niet zeggen. Ik moet je kussen...sta stil..."

In de woonkamer merkte John Strykos dat Julie al een aardig tijdje weg was. "Het lijkt erop dat Robert aan het scoren is."

Bob Goble, die uit het raam keek, zei, "Jakkes! Daar is de kit!"

Een auto met verblindend rode zoeklichten was stilletjes de oprijlaan opgereden.

"Dump de sherry," zei John. "Verstop het bier."

"Laten we maken dat we wegkomen," zei Babe Bazzari.

"Is dit de hele club?" vroeg Sheriff Hartmann aan Dorothy Duncan.

"Ja, we zijn compleet," zei ze waardig. "We hebben niets verkeerds gedaan; dit huis is van mijn vader."

"Compleet op Robert en Julie na," zei Barbara.

De sheriff stuurde iemand het huis in voor controle.

Drie of vier minuten later riep de deputy de sheriff het huis in. Een minuut later kwam hij weer naar buiten. Hij leek geagiteerd. "Oké. Laat je naam achter bij de deputy en ga naar huis, hoor je? Ga naar huis!"

"Maar hoe zit het met Julie — en Robert?"

De sheriff glimlachte zuur. "Ga nu maar gewoon naar huis."

De hoorzitting vond plaats bij de kinderrechter achter gesloten deuren. Darrell Hovard, woedend, met het beeld van Julie's door tranen opgezwollen gezichtje vers voor ogen, had een aanklacht ingediend.

Na een medisch onderzoek en een goede huilbui, bleek Julie slechts weinig fysieke schade te hebben opgelopen en beduidend minder emotionele schade dan Darrell en Margaret Hovard.

Theresa Kleiderle, de kinderrechter, veroordeelde Robert tot hechtenis in het Las Lomas Detentiecentrum totdat hij meerderjarig zou worden.

"Daar kom je nog makkelijk vanaf, jong," zei de deputy sheriff met de forse wenkbrauwen. "Normaal gesproken is het in deze staat de gaskamer. Ja, je komt er makkelijk vanaf."

"Ja," zei Robert.

Elsbeth was niet in staat hem in de gevangenis te bezoeken; haar leven stond plotseling volledig op de kop. In hysterische toestand werd ze in het ziekenhuis opgenomen. Tijdens de behandeling vond men een zwelling in haar onderbuik, wat na onderzoek een tumor bleek te zijn. Gelukkig was Elsbeth verzekerd via Hegenbels en zouden er dus geen rekeningen volgen.

Voor ze naar Las Lomas vertrokken, nam de deputy Robert mee om

zijn moeder te bezoeken. Robert was ontsteld haar zo bleek en weggetrokken te zien, een armzalig hoopje botten onder die witte sprei.

"Wees een goeie jongen, Robert. Vergeet nooit..."

"Ja, moeder," zei Robert. De deputy en hij namen de middagtrein.

Op school gonsde het van de gesprekken. Julie beantwoordde alle
opgewonden vragen opmerkelijk rustig. Ze zei dat Robert alleen maar
wat had geprobeerd; dat ze haar handen vol had gehad om hem van zich
af te houden. Ze leek zo gewoon en onverstoord dat de hele gebeurtenis niet meer invloed had dan een eendagsvlieg.

Tegen kerstmis was Robert al niet veel meer dan een naam; aan het
eind van het schooljaar was hij al bijna vergeten.

Julie werd gekozen tot vicepresident van de tweedejaarsklas; ze
kreeg verkering met Dale Hemet.

Als er al iets was dat haar jonge hersentjes pijnigde dan was dat een
vage herinnering uit een ver verleden. Ze vroeg Darrell Hovard ernaar.
"Pap — weet je nog, lang geleden? Ik mocht toen sturen. We reden
ergens tegenaan en van jou mocht ik niet kijken..."

Darrell Hovard liet zijn krant zakken.

"Hebben we toen Robert aangereden?"

Hovard maakte een nors keelgeluid en knikte.

"Heeft hij daarom zo'n verminkt gezicht?"

Darrell Hovard lachte onverschillig. "Nou, er was inderdaad een
ongeluk, maar het was net zo goed Roberts schuld als de onze."

"Maar ik reed?"

"Jij had je handen aan het stuur."

Julie probeerde het zich te herinneren. Beetje bij beetje kwam de
herinnering terug. Ze voelde de opwindende prikkel, turend over het
dashboard, haar armen omhoog, het stuur vasthoudend. Ze zag de
rode scooter, het blauwe shirt en iets verderop de stenen pilaren van
Jamaica Arch. Bang om haar vaders auto te bekrassen, was ze dicht
tegen de jongen aan gaan rijden. Dichtbij, dichterbij. Gekletter en een
bons en ineens nam haar vader het stuur over en hield haar hoofd naar
beneden.

Die avond liepen Julie en Cathy McDermott naar de openbare
bibliotheek om naslagwerken op te halen voor een opdracht Engels.
Langs de schappen kijkend, zag Julie opeens de ingebonden edities

van de San Giorgio *Herald-Republican*. Ze stond stil. *Het was de eenen-veertiger Cadillac,* dacht ze. *Dat betekent dat het voor zesenveertig moet zijn geweest, want toen kregen we de nieuwe... Ik had toen pianoles van mevrouw McKinley. Pappa haalde me daar op en dan stuurde ik een deel van de terugweg; ik was toen acht. In negentienvierenveertig. Het moet negentienvierenveertig zijn geweest, aan het einde van de zomer.*

Ze nam de tweede helft van 1944 mee naar een bureau. In de editie van 17 juli, op pagina 2, vond ze een artikel en een foto van Robert Struve, een kopie van een foto die Elsbeth een jaar eerder had laten nemen.

Julie bestudeerde de foto. Ze was stil, geen rimpel op haar voorhoofd; het was onmogelijk te raden wat ze dacht.

Het Las Lomas Detentiecentrum voor jongens was een nieuw instituut, nog geen zes maanden oud. Het had geen streng regime, er waren geen tralies. De slaapzalen waren groot en licht; de kantine leek meer op een cafetaria dan een eetzaal. Hun slogan was 'Rehabilitatie, geen Recidive'; de nadruk lag op beroepsopleidingen; onder het personeel waren twee psychiaters en een aantal moederlijke vrouwelijke bewaarders.

Robert gaf geen problemen. Mevrouw Fador, de bewaarder van zijn slaapzaal, beschouwde hem als een modelgevangene. Toch was er iets met Robert dat haar niet lekker zat.

Op een dag, toen ze aan het praten was met dokter O'Brien, de hoofdpsycholoog, bracht ze Robert ter sprake. "Het is net een groot broeierig gat in het niets," vertelde ze O'Brien.

"Nou, nou," zei dokter O'Brien glimlachend. "Je gaat nog dingen zien op je oude dag."

"Nee," hield ze aan.

"Laat eens kijken... Dat is die jongen met dat verminkte gezicht. Laten we zijn achtergrond maar eens bekijken." Dr. O'Brien liep naar zijn dossiers, pakte de map met 'Robert Struve' en las in stilte. "Hm," zei hij, in zijn kin knijpend, "het is zonde om zo'n kind met een dergelijk gezicht rond te laten lopen."

"In San Quentin," zei mevrouw Fador, "doen ze heel vaak plastische chirurgie bij gevangenen."

De psychiater zuchtte. "Dit is San Quentin niet...We zijn er simpelweg niet voor ingericht."

"Sacramento ligt maar dertig mijl verderop."

De psychiater pakte de telefoon op en belde met de directeur.

De volgende dag liep mevrouw Fador met Robert het kantoor van de psychiater binnen. Ze had haar arm om zijn schouders geslagen. "Robert heeft net slecht nieuws gekregen. Heel erg slecht nieuws."

"Wat is er aan de hand?" vroeg dokter O'Brien. Hij was jong; hij had nog niet geleerd werk en privé te scheiden.

"Mijn moeder is net overleden," zei Robert.

"Oh...het spijt me Robert."

Robert knikte en knipperde met zijn ogen.

De psychiater keek hem aan met een professionele blik. "Wel, Robert — Ik heb goed nieuws voor je. Het compenseert het slechte nieuws niet, maar het helpt."

"Wat dan?"

"Ik heb geregeld dat je plastische chirurgie kunt krijgen."

Robert stond doodstil. Zijn stem klonk vlak, ongeïnteresseerd; alsof de psychiater hem net een sigaret had aangeboden. "Nee bedankt...Ik heb me tot nu toe aardig weten te redden. Ik denk dat me dat wel weer lukt."

De psychiater knikte met eenzelfde nonchalance als Robert. "Wat jij wilt. Denk er eens over na."

"Is dat alles?" vroeg Robert.

"Dat is alles."

Robert verliet het kantoor. Mevrouw Fador was bezorgd en verbijsterd. "Ik snap het niet! Je zou denken dat hij erom zou staan te springen."

"Geef hem wat tijd," zei de psychiater.

En de volgende dag vroeg Robert om een afspraak.

"Hallo Robert. Ga zitten."

Robert ging zitten. "Sigaret?" vroeg de psychiater.

"Nee...Ik rook niet." Hij aarzelde en nam toen een beslissing. "Gisteren zei u — is dat aanbod nog geldig?"

"Zeker weten."

Het leek alsof Robert in zijn gedachten een lijstje afvinkte. "Hoelang gaat het duren?"

"Dat weet ik niet. Waarschijnlijk een jaar, of langer."

"Maar is het klaar voor ik vrij kom?"

"Dat denk ik wel."

"Kan ik eruitzien zoals ik wil? Ik bedoel, kan ik het soort gezicht kiezen dat ik wil hebben?"

O'Brien glimlachte. "Binnen zekere grenzen. Niemand kan de vorm van je schedel of de hoek van je kaak veranderen."

"Maar mijn neus — mijn gezicht…"

"Het enige dat ik met zekerheid kan zeggen, Robert, is dat je jezelf over een jaar niet meer herkent."

"Ja," zei Robert, "dat is het belangrijkst."

De psychiater stopte zijn pijp en keek nieuwsgierig naar Robert. "Je bent nu helemaal alleen op de wereld, of niet Robert?"

"Dat klopt."

"Wat zijn je plannen voor wanneer je vrijkomt?"

"Dat weet ik nog niet. Wanneer begint de plastische chirurgie?"

"Volgende week donderdag."

Robert knikte. "Heel hartelijk bedankt." Hij strekt zijn hand uit.

O'Brien stond op en schudde met plotselinge nederigheid Roberts hand. "Tot donderdag, Robert."

Robert verliet het kantoor. De psychiater liep naar het raam en zag hem het plein oversteken naar de slaapzaal. Robert liep met een strakke, stevige pas, vervuld van doel en richting.

De psychiater draaide zich om naar zijn bureau.

"Die jongen verbaast me," mijmerde hij. "Ik vraag me af wat er in zijn hoofd omgaat…"

Hoofdstuk V

Tijdens de Koreaanse oorlog ging het San Giorgio voor de wind: nieuwe huizen, nieuwe winkels, nieuwe scholen. Hegenbels liet het oude Tatley-gebouw afbreken en liet vier verdiepingen aanbouwen; Safeway bouwde een gigantisch nieuw warenhuis aan de Sonoma Highway en de Bank of America betrok een nieuw onderkomen naast de San Giorgio Bank van Lening. Maar ondanks alle nieuwe huizen, nieuwe wegen en nieuwe scholen leken er steeds meer mensen, auto's en kinderen te komen.

Een van de instellingen die daar de gevolgen van ondervond was de San Giorgio Country Club. De bar zat vol met vreemden; de golfbaan werd onmogelijk.

Een groep, geleid door Pelton Pendry, William Cloverbolt en Darrell Hovard zegden hun lidmaatschap op en startten de Mountainview Country Club Corporation. Lidmaatschap was voorbehouden aan aandeelhouders, en aandelen werden met uiterste discretie uitgegeven.

Darrell Hovard was de voorzitter van de planningscommissie. Hij onderhandelde en kocht uiteindelijk driehonderd hectare grond in het westelijk heuvelgebied van San Giorgio.

Het was 1952, het eindexamenjaar van Julie op de middelbare school. Op tweeëntwintig juli werd Julie zeventien. Op de eenentwintigste kwam ze thuis met haar vader en zag dat Jamaica Terrace vol stond met geparkeerde auto's, dat het huis als een kerstcadeau was ingepakt met blauw en goud doek en er een groot bord met 'Gefeliciteerd, Julie' in het gazon was geplant.

Julie gaf haar vader een kus en een knuffel, sprong de auto uit en rende naar het huis. Ze droeg een lichtbruine korte broek, een wit T-shirt en instappers. Haar gezicht was vies, haar haar in de war, maar dat kon Julie niets schelen.

Ze rende het huis in; haar gasten riepen "Gefeliciteerd," en vielen stil. In het midden van de woonkamer stond een splinternieuwe donderrode Ford cabriolet. Op een lint stond, 'Gefeliciteerd Julie'.

Julie ging uit haar dak van vreugde.

Het feest verplaatste zich naar het achterterras; onderwijl haalden arbeiders twee openslaande deuren weg, legden planken en rolden de cabriolet de straat op. Op het terras stonden bakken gebraden kip, Franse frietjes, rekken met hamburgers, cola en sinas.

Grant Hovard en Carr Pendry waren de oudsten onder de aanwezige gasten. Grant, een lange jongeman met een lange neus en een zwaarmoedige houding, was net thuis van Johns Hopkins. Carr was net van Harvard afgestudeerd in de economie en sprak over een toekomst in de politiek. Hij had nog steeds een oogje op Cathy McDermott, die nu aan haar tweede jaar op Cal begon. Carr was blond en dynamisch, hoekig. Hij analyseerde de fouten van politici met een helder klinkend staccato, meestal eindigend met de voorspelling, "Op dit moment gaat alles naar de kloten. Ik kom precies op het juiste ogenblik binnen. Ik zal mijn uiterste best doen de boel om te draaien en met een beetje geluk ga ik het helemaal maken in de politiek. Ik ga ervoor, zeg ik je. Ik ga ervoor en ik ga het maken. God weet dat ik meer in mijn mars heb dan die sukkel die we er net uitgeknikkerd hebben."

Cathy had deze zin al minstens twintig keer gehoord en het interesseerde haar totaal niet. Maar toch ging ze met hem uit, zijn ijverige vrijage weerstaand, en zorgde ervoor dat hij haar op tijd weer thuisbracht. Ze kuste hem alleen wanneer het absoluut noodzakelijk was. Cathy was sinds de middelbare school niet veel veranderd.

Op Julie's verjaardagsfeestje dronken Carr en Grant Hovard bier en later op de avond highballs. Carr wilde Cathy meenemen voor een ritje met de auto. Cathy keek betekenisvol naar Julie, waarop Julie zei dat Cathy bleef slapen.

Tegen middernacht waren alle gasten vertrokken met uitzondering van Cathy en Lucia Small. Julie, Cathy en Lucia gingen naar de auto kijken en Julie rende terug om de sleutels te halen.

"Waar ga je naartoe?" vroeg Darrell Hovard chagrijnig. Het lawaai van het feest had hem op zijn zenuwen gewerkt.

"Ik breng Lucia naar huis, pappa. Ik wil mijn nieuwe auto uitproberen."

"Ik wil je eerst iets laten zien." Hij sjokte de straat op met Julie achter zich aan. Cathy en Lucia praatten met Carr, die over het gazon van het huis van de Pendry's was komen aanwandelen.

"Stap in," zei Hovard.

Julie sprong in de bestuurdersstoel.

"Steek je hand daar omlaag." Julie reikte onder het dashboard. "Wat voel je?"

Julie zei, "Het is iets kouds en hards."

"Dat is een pistool," zei Hovard. "Een .32 automatic. Het is geladen. Raak het nooit aan tenzij je het nodig hebt. Laat het aan niemand zien." Hij draaide zich om naar Cathy en Lucia en Carr. "En jullie praten hier ook met niemand over — alsjeblieft."

Julie was diep onder de indruk. "Heel erg bedankt, pap."

Ze stuurde voorzichtig de cabriolet de weg op en ze reden Jamaica Terrace af. Cathy zat in het midden en Lucia aan de buitenkant. Bij het naderen van de boog over de weg, zagen ze een flikkerend en kronkelend lichtje op de weg.

Julie trapte hard op de rem.

"Wat is er?" riep Lucia. "Wat is er aan de hand?"

Julie zei niets. Ze liet de auto uitrollen totdat de jongen op de fiets hen gepasseerd was en trok daarna weer langzaam op.

"Waarom deed je dat?" vroeg Cathy.

"Ik wilde gewoon zeker weten dat hij veilig onder de boog door kwam."

Een halve kilometer verderop zei Julie, "Herinner je je Robert Struve?"

Cathy keek Julie zijdelings aan. "Wat is daarmee?"

"Ik bedacht me net dat hij nu wel uit het heropvoedingscentrum zou moeten zijn."

Cathy rekende. "Hij zat twee klassen boven mij…Dat betekent dat hij nu eenentwintig is. Dan zal hij wel vrij zijn."

"Ik vraag me af wat hij doet?"

"Je zegt het alsof het je iets kan schelen," merkte Lucia op.

"Dat doet het ook — tot op zekere hoogte."

Lucia rilde. "Ik kon het nooit verdragen naar Robert te kijken..."

Ze reden de zijstraat in die naar De Torentjes leidde, het enorme Victoriaanse landhuis waar Lucia woonde met haar vader, de dove oude Rechter Small.

De maan hing groot en wit over een donkere bergrug in het westen. Naarmate ze dichter bij het huis kwamen werd de bergrug hoger en was de maan niet meer te zien; ze reden de oprijlaan op onder de bomen in de donkere nacht.

Bovenaan de noordwestelijke toren brandde een lamp; hier zat Rechter Small, een boek over de oorsprong van wetgeving doorspittend.

Lucia stapte met tegenzin uit de auto. "Komen jullie nog even mee naar binnen? Ik maak warme chocolademelk..."

Julie en Cathy vonden allebei dat ze beter naar huis konden gaan; ze voelden zich ongemakkelijk bij Lucia. Het jaar Radcliffe had haar er niet milder op gemaakt; ze was zelfs kritischer en bitser dan ooit. Haar eens zo knappe aristocratische uiterlijk was verworden tot iets stuurs.

Ze zeiden welterusten. Julie keerde om en reed vanonder de bomen weg bij De Torentjes. De maan rees op vanachter de bergrug; Julie en Cathy reden gezellig samen terug naar San Giorgio.

"Vertel eens over Dean," zei Julie.

Dat was het schandaal van het moment. Dean Pendry was er na het eerste semester op Cal vandoor gegaan met een muzikant — een jazzpianist. De Pendry's hielden zich naar buiten toe groot, maar de hele familie was in rep en roer.

Cathy zei, "Ik heb Dean het afgelopen jaar niet veel gezien; ze zat in een ander huis: Pi Phi. Die pianist heb ik wel gezien, we zijn samen met ze wezen double-daten."

"Wat is het voor iemand?"

Cathy haalde haar schouders op. "Hij is nog redelijk jong — van Carr z'n leeftijd. Hij heeft donker haar, redelijk knappe vent... Ik geloof dat Dean misschien wel verliefder was op zijn muziek dan op hemzelf."

Julie grinnikte. "Carr praat er niet veel over."

Cathy lachte — een heimelijk verrukt lachje. "Hij is woedend. De familie wil helemaal niets met hun nieuwe schoonzoon te maken hebben."

"Hoe heet hij?"

"Mmm...Even denken. Bravonette — nee, Bavonette. George Bavo-nette."

"Dat is een mooie naam."

"Dat huwelijk houdt geen stand," zei Cathy. Ze leunde achterover in de stoel en zuchtte. "Bescherm jij me tegen Carr...Hij wil dat ik nu met hem trouw en op een soort Europese tour ga met hem."

"En, ga je dat doen?"

"Hemel, nee!"

Alvorens naar huis te gaan, reed Julie in haar eentje nog een stuk over de snelweg...Ze floot zachtjes door haar tanden, een langzaam, droevig liedje...Waarom was ze niet gelukkiger? Julie — volgens ieder-een de definitie van luchthartige opgewektheid! "Oh, prutjes!" zei Julie en zette de radio aan.

Pas nadat ze naar bed gegaan was en in het donker omhoog lag te staren, werd de reden voor haar sombere bui duidelijk.

Het was het verstrijken van de tijd, het voorbijgaan van de seizoenen.

Ze werden ouder, er kwam een eind aan hun jeugd en aan de gouden dagen van vakanties.

Ineens was ze geen kind meer; ze begon straks aan de universiteit; ze was een jonge vrouw met de bijhorende verantwoordelijkheden en pri-vileges. Al snel zouden er belangrijke keuzes gemaakt moeten worden, beslissingen die de rest van haar leven zouden bepalen.

Dean Pendry had haar keuze al gemaakt. Onnozele kleine dwaas. Dean was altijd al jongensgek geweest; iedereen wist dat Dean geen nee kon zeggen. Dean was het zwarte schaap van de familie Pendry en Carr maakte geen geheim van zijn afkeur. Carr...Julie lachte een beetje. Blond bezig bijtje. Julie probeerde zich hem voor te stellen als echtge-noot en trok een scheef gezicht in het donker...Ze probeerde zich haar eigen echtgenoot voor te stellen, hem samen te stellen uit alle stukken en beetjes die ze zou willen. Er ontstond alleen een soort schimmig beeld — meer een idee dan een man. Hij zou rustig en zelfverzekerd zijn, een integer en toegewijd iemand. Met hem zou ze overal naartoe gaan: het Amazonegebied verkennen, de Gobiwoestijn doorkruisen in een jeep...

Uiteindelijk viel ze in slaap.

✳

Julie werd door elke studentenclub op de campus gevraagd, maar koos uiteindelijk voor Delta Rho Beta, waar Cathy ook lid van was.

In oktober zochten Julie en Cathy Dean op in San Francisco. Ze kwamen aan rond een uur of een. Dean was pas net opgestaan, duidelijk zichtbaar omdat ze nog steeds in haar badjas rondliep. Haar hazelnootkleurige haar was geknipt in een warrige halflange stijl, geliefd bij Italiaanse filmsterren.

Dean leek ouder te zijn geworden; haar lichaam was in ieder geval rijper. Ze had altijd een volslank figuur gehad en op de een of andere manier, ondanks dat ze niet zwaarder leek te zijn geworden, zag ze er, zeg maar, weelderig uit.

Ze was verrukt Cathy en Julie te zien, maar bekeek haar appartement met een hopeloze blik en dacht bij zichzelf, *Wat een puinhoop!* De grond was bezaaid met kranten, de asbakken waren vol en op het tafeltje naast de bank stonden vijf geopende bierblikjes. Overal lagen platen en platenhoezen. De helft van een van de muren ging schuil achter grijs geschilderde oranje kratten met elpees. De trots van het huis was een hifiplatenspeler met een grote ingebouwde luidspreker. Deze stond op de tafel recht tegenover de deur.

Ze hoorden het toilet doortrekken en even later kwam George Bavonette de slaapkamer uit. Hij was knap op een lusteloze manier, met lange wimpers, hangende oogleden, een wasachtige huid en grote donkere ogen. Hij had een strakke rechte mond; hij sprak in staccato uitbarstingen en scheen altijd te roken. Tijdens de gesprekken met Julie, Cathy of Dean keek hij hen nooit aan. Ze zaten rond de keukentafel koffie te drinken, de meiden praatten over koetjes en kalfjes.

Ineens sprong George op, ging naar de woonkamer, legde platen op de draaitafel en kwam terug naar de keuken. De muziek begon en George trommelde met zijn vingers op de tafel, leunde met zijn stoel achterover tegen de muur en glimlachte vaag in zichzelf. Julie en Cathy wisselden veelbetekenende blikken uit.

"George legt zoveel van zichzelf in zijn muziek dat hij dat op de een of andere manier moet compenseren," zei Dean.

"Precies, precies," zei George. "Heel goed onder woorden gebracht..."

Aangemoedigd ging Dean verder: "Het is echt een zenuwslopende baan — nacht na nacht achter die piano zitten — en maar creëren..."

"Vergt een hoopt energie," zei George.

"Dit is bop — nietwaar?" vroeg Julie opgewekt.

"Nee, nee!" riep George uit. "Alle bop is progressief. Maar niet alle progressief is bop... Luister maar!" Hij stak zijn hand in de lucht. "Dit hier — *nu*!"

De piano tinkelde ietwat merkwaardig naar de hoge noten, pauzeerde even en kwam toen weer aarzelend naar beneden. In het midden van een reeks brak hij plots af en een tenorsax nam het over, spelend in een nieuwe disharmonische toonsoort.

George keek hen allemaal aan. "Te gek, hè?"

"Ik zal wel dom zijn," zei Julie. "Het klinkt vreemd en rommelig..."

"Lieve meid," zei George, "hoe kijk je tegen onze huidige beschaving aan? Die is toch ook vreemd en rommelig? Daarom is deze muziek zo geweldig; het is eigentijds; het rijmt met de stemming van onze tijd."

"Ik vind van niet," zei Julie.

"Het is nogal diep," zei Dean. "George kan het erg goed uitleggen. Ga je gang, George."

"Nee. Nu niet. Op dit moment voel ik er meer voor om er tussenuit te knijpen."

"Grapjas," zei Dean. "Hij kan ook best serieus zijn als hij wil."

"Ik ben benieuwd," zei Julie.

"Je moet het voelen." George tikte op zijn voorhoofd. "Hier moet het gebeuren. Ideeën. Soms is het geweldig; soms is het zoveel dat je er bang van wordt." Hij stond op. "Willen jullie ontbijt? Ik ben uitgehongerd."

"Asjeblieft zeg," zei Cathy. "Het is twee uur."

"Twee uur?" George keek op de keukenklok. "I wil nog naar Cholo vandaag..." Hij zei tegen Dean, "Hé schat, fix even een paar eieren voor me terwijl ik me aankleed."

Dean stak de oude gasoven aan, zette een pan op het vuur, deed er boter in en brak twee eieren.

"George kan erg opgewonden raken," zei Dean op een vertrouwelijke toon. "Denk nu niet dat hij een wijsneus is, want dat is hij niet. Hij is alleen gek van z'n muziek. Hij is verschrikkelijk goed, echt waar; maar oh, wat is hij onvoorspelbaar!" Ze keek met genegenheid in de richting van de slaapkamer. "Het is hier nooit saai; ik denk dat ik daarom zo gek op hem ben." Ze sprak met net iets te veel nadruk.

George kwam weer naar binnen, at snel, met zijn hoofd omlaag. Hij keek lichtelijk verrast naar Dean. "Ga je aankleden. Jij gaat mee."

Dean aarzelde en glimlachte toen naar Julie en Cathy. "We kunnen toch allemaal gaan, nietwaar George?" Tegen Julie en Cathy zei ze, "Het is een jamsessie — de jongens zitten bij elkaar, drinken bier en spelen. Het is echt leuk…"

George fronste. "We gaan repeteren. Saai, vervelend, oninteressant." Hij zei tegen Julie en Cathy, "Verwacht geen staaltjes vakmanschap."

"Ga alsjeblieft mee," zei Dean. "Alsjeblieft."

"Nou," zei Cathy, "we kunnen nog wel even blijven denk ik."

Cholo woonde bovenaan Telegraph Hill. Zijn appartement bestond uit een enkele kamer van twaalf meter lang met keukenapparatuur aan het ene eind en studiobanken aan het andere. De wanden waren bedekt met lichtgroen jute en op de vloer lagen rieten matten. Twee oude piano's stonden langs een van de muren met een drumstel er tussenin.

Op het moment dat George, Dean, Cathy en Julie arriveerden was de kamer leeg.

"Donders," zei George. Hij riep, "Hé, Cholo!" Er kwam geen reactie. Hij liep naar het uiteinde van de kamer, opende een deur en stak zijn hoofd naar binnen; vervolgens draaide hij zich om en liep hoofdschuddend terug.

"Ach ja," zei George. Hij opende de koelkast en keek erin. "Die lammeling heeft ons bestolen. Er zijn nog maar drie biertjes."

Hij opende de drie blikjes, vond vier glazen en verdeelde het bier over de glazen. Dean serveerde. George liep naar de piano, liet zijn vingers over de toetsen glijden. Hij draaide zich om met een verrukte blik in zijn ogen, "He, schat — die ouwe Cholo heeft het ding ontsmet! Ingevet, afgestemd. Luister maar!" Hij speelde een toonladder. "Vorige week zat er geen verschil tussen de hoge C en een koeienbel."

De deur ging open. Zes mannen en vier vrouwen kwamen naar binnen. Er werden begroetingen uitgewisseld, introducties gedaan en namen genoemd die Julie en Cathy geen van beiden onthielden.

Cholo was een parmantige jonge Italiaan, kort, mager en vol levensvreugde; hij vulde een kan met ijsblokjes, deed er een scheut wodka en een liter limoensap in en zette de kan op de piano. Twee mannen pakten tenorsaxen uit en een man van middelbare leeftijd met rood haar haalde een trompet tevoorschijn. Cholo speelde elektrische gitaar.

George ging achter de piano zitten.

Julie en Cathy namen plaats aan het uiteinde van de kamer. Dean bracht drie glazen wodka-lime mee en ging naast hen zitten. "Is dit niet gaaf? Deze manier van leven gaat in je bloed zitten. Vrij en makkelijk... Natuurlijk weten we meestal niet waar we onze volgende maaltijd vandaan moeten halen. George kan echt niet met geld omgaan." Ze zuchtte en leunde achterover. "Hebben jullie mijn familie nog gezien?"

"Alleen Carr maar," zei Cathy.

"Oh, Carr," zei Dean. "Dat is de meest onechte van het hele stel." Haar stem klonk bitter. "Hij is nog niet goed genoeg om George z'n schoenen te likken."

De muziek begon. Toonladders omhoog, omlaag; er overheen en weer terug; tonaal, atonaal; scherp, vlak; akkoorden, dissonanten.

Er kwamen een aantal andere mensen binnen. Twee jongemannen liepen op Julie en Cathy af. Ze hadden het over een feestje dat voor volgende week vrijdag was gepland en nodigden de meisjes uit.

"Ik kan niet," zei Julie. "Ik mag maar één avond per week uit. En ik heb al een afspraak."

"Oh, die middelbare schoolmeiden ook," zei een van de jongens. "Laten we dan voor de week daarna iets afspreken..."

"Zijn jullie al eens in de Green Bottle geweest?" vroeg de andere jongen.

"Nee," zei Cathy.

"Dat is een populaire tent — zullen we daar afspreken?"

"We hebben het te druk," zei Julie. "Veel te druk."

Dean liep rond aan het einde van de kamer. Ze stopte voor een jongen met een bruin tweedjasje die met zijn rug naar Cathy en Julie toe zat. Ze keken Dean daardoor recht in haar gezicht.

Cathy stootte Julie aan. "Het huwelijk heeft Dean niet veel veranderd."

"Hm," zei Julie. "Absoluut niet."

"Iets zegt me," zei Cathy, "dat vriend George die jongen niet erg leuk vindt."

Dean pakte lachend de handen van de jongeman vast en leunde achterover.

Uit de piano kwamen drie ruwe klanken. Iedereen stopte met spelen. George stond op en zei met luide stem, "Blijf met je tengels van mijn vrouw af!"

De jongeman draaide zijn hoofd om. Hij keek verbaasd. "Natuurlijk."

Met rode wangen danste Dean bij hem weg en ging naast Cathy en Julie zitten. De muziek begon weer.

"Die vervloekte George!" mompelde Dean. "Ik mag niet eens met een man praten!"

Julie en Cathy zeiden niets.

Dean ging hatelijk verder, "Hij doet het zelf wel als ie de kans krijgt."

De jongeman met het bruine jasje stond op, zwaaide naar Cholo en ging weg. George keek hem na.

Cathy zei, "Het wordt voor ons ook tijd om te vertrekken."

"O jee," zei Dean. "Er is nog zoveel te bepraten…" Ze leek ineens treurig en eenzaam.

"Waarom kom je binnenkort niet een keer langs?" zei Cathy. "Om te lunchen."

"George houdt me vrijwel constant in het oog," zei Dean. Ze bestudeerde de rug van haar man. "Ach ja…" Ze forceerde een glimlach.

Cathy en Julie zwaaiden naar George en vertrokken.

HOOFDSTUK VI

BEGIN MAART KWAM Carr Pendry terug uit Europa met een nieuwe Jaguar. Hij bleef twee dagen in San Giorgio en reed toen zuidwaarts richting Berkeley. Hij draaide University Avenue in, maakte een rondje over de campus en stopte daarna trots voor het Delta Rho Beta huis.

Hij had geluk, Cathy deed zelf de deur open.

"Cathy!"

"Nee maar, Carr!" zei Cathy.

"Ik ben er weer," zei Carr. "Kijk eens wat ik meegebracht heb!" En hij wees naar de Jag.

"Leuk," zei Cathy. "Een MG, nietwaar?"

"MG!" riep Carr uit. "Dat is een Jaguar Mark IV, de onbetwiste meester van het asfalt! Trek je mooiste jurk aan — we gaan uit!"

"Oh, Carr," zei Cathy. "Ik heb al een afspraak."

"Die zeg je dan maar af," verkondigde Carr. "Ik heb geen zesduizend mijl afgelegd om gedwarsboomd te worden door een ander afspraakje."

"Eh, wel," zei Cathy. "Ik zal zien wat ik kan doen … Kom binnen."

Carr wachtte in de hal terwijl Cathy naar boven rende waar Julie op bed Franse grammatica en woordjes lag te leren.

"Ouvrez la porte," zei Julie. *"Avez-vous du pain … "*

"Julie — raad eens wie beneden staat te wachten gekleed in een blauwe Jaguar."

"Ik geef het op."

"Het is Carr."

"Sacre blue! Nom d'un chien!"

"Hij wil met me uit. Ik zie er enorm tegenop. Hij wordt vast overdreven sentimenteel en plakkerig."

"Zeg hem dat je al een afspraakje hebt."

"Dat heb ik ook, en heb ik hem ook gezegd. Hij zegt dat ik het maar moet afzeggen."

"Zeg hem dan dat dat niet gaat."

"Oh, Julie — dat is ook wel erg hard."

"Oké," Julie haalde haar schouders op. "Dan ga je wel met hem uit."

"Ik wil dat jij meegaat."

"Ik? Het derde wiel? Dat zal Carr leuk vinden."

"Heb jij dan geen afspraakje?"

"Niet met drie tentamens aankomende maandag. Stel je voor. Drie op één dag."

"Oh Julie. Kom nu. Wees geen spelbreker. Je kunt morgen en zondag ook nog de hele dag leren."

"Ik heb dan wel geen afspraakje." Julie gooide haar boek aan de kant. "Maar ik weet waar ik er snel een kan regelen." Ze ging Cathy voor naar de telefoon boven, bladerde door de Officers en Students Directory en draaide een nummer.

"Hallo," zei Julie. "Kan ik Joe Treddick spreken alstublieft?"

Cathy fluisterde, "Wie is Joe Treddick?"

"De man naast me bij Engels ... tenminste ik geloof dat hij zo heet. Ik zag het op een van z'n boeken." Ze draaide zich weer om naar de telefoon. "Hallo? Is dit Joe Treddick? ... Ik ben Julie Hovard. Ik zit naast je bij Engels 1B ... Wel, ik heb geen afspraakje en ik vroeg me af of je iets te doen hebt ... Oh bagger. Ik heb er zelf maandag ook drie. Normaal gesproken zou ik ook niet gaan, maar dit is een bijzondere gelegenheid ... Ieder betaalt voor zich. Daar sta ik op ... Oké, super bedankt. Acht uur." Julie hing op. "Zo. Dat was makkelijk."

"Jij bent echt schaamteloos," zei Cathy. "Je bedankt hem zelfs."

"Tuurlijk. Hij doet me een plezier."

"Ha ha," lachte Cathy. "Ik wed dat hij je gewoon nooit mee uit heeft durven vragen."

"Joe niet," zei Julie.

Carr was er niet blij mee. "Cathy, kunnen we niet gewoon met z'n tweetjes ergens naartoe gaan — een wijntje bij kaarslicht — elkaar in de ogen kijken —"

"Luister, Carr, ik heb me al een keer onpopulair gemaakt vanavond;

dat doe ik niet nog een keer. Bovendien moeten we ook op tijd weer binnen zijn."

Carr draaide zich mokkend om.

"Ik moet me gaan omkleden," zei Cathy. "Je kunt hier stil gaan zitten of buiten je Jaguar gaan poetsen."

Om acht uur ging de voordeurbel. Een eerstejaars rende naar de deur. Buiten stond een gespierde jongeman met donker haar en een intens gebruinde huid.

"Kun je Julie Hovard laten weten dat Joe Treddick er is?"

"Tuurlijk. Wil je binnenkomen?"

Joe Treddick was rustig en had een hard en hoekig gezicht. Hij keek naar Carr, knikte en ging zitten.

Julie verscheen in een eenvoudige grijze wollen jurk, een miniem wit gebreid kalotje, en zag eruit als een prinses. Ze zwaaide naar Carr en grijnsde naar Joe Treddick.

"Hallo Joe."

"Hallo, Julie."

Ze sprak op gedempte toon, "Mocht iemand ernaar vragen, deze afspraak stond al een dag of twee, drie."

"Wat jij wilt."

Ze keek naar Carr, die haar achterdochtig gadesloeg. Op dat moment kwam Cathy de kamer binnen en Carrs aandacht was afgeleid.

"Carr is een oude vriend," zei Julie gehaast. "Hij is gek op Cathy maar ze wil hem niet aanmoedigen; dus vroeg ze mij om met ze mee uit te gaan."

Joe Treddick knikte. "Ik snap het."

Julie nam zijn hand en leidde hem naar de plek waar Carr Cathy vasthield bij haar schouders, haar met zijn ogen verslindend.

Cathy stond voor hem in een matbeige jurk, haar donkere haar lang en glanzend, met ogen van gesmolten amber en een vleugje lippenstift. Er was niets dat ze had kunnen doen om er nog mooier uit te zien. Ze had er haar best op gedaan om het mes in Carrs hart om te draaien.

Carr stelde een diner-dansant bij het Fairmont voor, maar Cathy riep verschrikt, "De prijzen daar, Carr!"

"Ja," zei Julie. "Joe is geen miljonair. Laten we het redelijk houden Carr."

"Wie wil er nu redelijk zijn?" riep Carr uit.

"Dat wil niemand," zei Joe.

Carr schikte zich zo gracieus mogelijk. Omdat ze niet alle vier in de Jaguar pasten, namen ze Julie's cabriolet, met Carr en Cathy op de achterbank.

Ze reden over de brug naar San Francisco en wandelden daar van bar naar bar: van de Green Dragon in Chinatown naar de Paper Doll in North Beach naar de Finnish Bar aan de waterkant naar de Club Hangover op Bush Street. Carr deed erg zijn best in het gesprek, formuleerde epigrammen, geraffineerde kritieken en slimme opmerkingen die op een of andere manier altijd iemand of iets kleineerden. Bovendien zorgde Carr ervoor dat het gesprek over San Giorgio en vroeger ging, waarmee hij Joe isoleerde van de groep.

Wat Joe Treddick er ook van dacht, aan de buitenkant was er niets aan hem te merken. Hij luisterde beleefd, lachte om Carrs grappen en deed geen enkele poging om met hem te wedijveren. Na een paar drankjes nam Carr een neerbuigende houding aan.

"Wat studeer je, Joe?"

"Ik ben bouwkundig ingenieur," zei Joe.

"Lijkt me een hoop hard werk," zei Carr met een lach. "Ik laat liever m'n hersenen het harde werk doen, dat spreekt me veel meer aan."

"Het is zeker geen gespreid bedje," gaf Joe toe. "Maar ik was dan ook niet van plan om me er makkelijk vanaf te maken, anders was ik wel in de politiek gegaan of zoiets."

Julie zei opgewekt, "Carr is van plan om senator te worden." Waarna ze Carr met zijn allen onderzoekend aankeken.

"Heb je Dean al eens opgezocht?" vroeg Cathy aan Carr.

"Nee," zei Carr kortaf.

"We zijn er afgelopen winter geweest en ze kwam — oh, een paar weken geleden bij ons."

"Hoe gaat het met haar?"

"Nou," zei Cathy langzaam, "ze is niet erg gelukkig... Het moet haast zoiets zijn als met een — een luipaard samenwonen, samenleven met George."

"Wat is er dan mis met hem?"

"Oh — hij is humeurig. En onbeheerst."

Carr zuchtte. "Ik denk dat ik haar maar eens op moet zoeken... Ik heb Franse parfum voor haar gekocht; meegenomen uit Grasse. Alleen sukkels kopen het in Parijs. Je kunt daar liters van elk merk dat je kunt bedenken krijgen, als je tenminste weet waar je moet zoeken. Je moet er natuurlijk ook wel een neus voor hebben, anders schepen ze je zo op met aftershavelotion. Hetzelfde met wijn. Ze denken daar dat je geen smaak hebt als je uit Amerika komt." Hij leunde achterover, tevreden met zichzelf. "Als je ooit van plan bent om naar Europa te gaan, Joe," zei hij op vaderlijke toon, "moet je het me laten weten. Dan geef ik je wat tips."

"Bedankt," zei Joe. "Maar voorlopig ga ik niet terug."

"Oh," zei Carr. "Je bent er al geweest."

"Af en aan."

"Af en aan? Dat snap ik niet."

"Ik ben een ex-zeeman."

"Oh, marine."

"Nee. Handelsvaarder. Ik ben gediplomeerd derde stuurman. Panamese derde stuurman moet ik zeggen. Iedereen die kan lezen, kan daar een diploma krijgen."

"Dat klinkt erg gaaf!" zei Julie.

"Je komt er alleen niet veel parfum of goede wijn tegen. Je drinkt mee met de rest van het gepeupel. Vino rosso — schnaps — slivovitsj — retsina... En in de Stille Zuidzee zijn er altijd betelnoten."

"Oh," riep Julie opgewonden uit. "Zo zou ik ook wel willen reizen. Gewoon je eigen passage verdienen."

Carr zat met een ijskoude blik in zijn highball te turen. Hij bedacht dat hij in zijn hele leven nog nooit aan iemand zo'n hekel had gehad als aan Joe Treddick.

Om één uur wilde Cathy terug naar huis.

Toen ze terug waren bij het studentenhuis wilde Carr nog een ritje met Cathy maken in de Jag, maar Cathy zei dat ze in moest klokken.

Joe was al aan de trottoirkant uitgestapt om met Julie mee naar de deur te lopen, maar ze zei, "Spring er maar weer in Joe. Ik breng je thuis."

Joe stapte in en Julie startte de motor. "Zeg maar waar ik naartoe moet."

"Barrington Hall."

Ze zei, "Ik hoop dat je je niet al te veel verveeld hebt…Carr is nogal saai. Wij kennen hem ons hele leven al. Dat maakt hem anders, denk ik."

"Ik heb me prima vermaakt," zei Joe.

"Ik had gezegd, ieder voor zich," lachte Julie. "Maar ik heb geen idee wat ik je nu moet betalen."

Joe glimlachte. "Laat maar zitten."

Ze stopte voor Joe's pension. Joe stapte uit.

"Welterusten, Julie."

"Welterusten Joe."

"Joe?"

"Ja?"

"Vind je me een verwend nest, zo'n typische tweedejaarssnob met te veel geld en een meerderwaardigheidscomplex?"

"Daar had ik nog niet echt over nagedacht."

"Maar als je dat dacht, dan zou je niet nog eens met me uit willen."

"Nee," zei Joe met een vage glimlach. "Ik geloof het niet."

"Wel," zei Julie, "ik kan sowieso niet tot na de tentamenweek — dan kun je me daarna weer vragen."

"Oké," zei Joe. "Welterusten."

"Welterusten, Joe."

Joe keek de rode achterlichten na tot ze uit het zicht verdwenen.

Carr Pendry besloot het niet langer uit te stellen. Tenslotte was ze zijn zus.

Hij plande zijn bezoek zorgvuldig. Hij wilde de echtgenoot, die pianospelende kerel, niet ontmoeten — dat zou op de een of andere manier een soort goedkeuring vanuit de familie impliceren.

Hij reed in zijn Jaguar naar San Francisco, zocht het adres van de Kalmyra Club op en reed ernaartoe. Tot Carrs verbazing bleek de Kalmyra Club een luxueus etablissement. Hij had een meer aftandse club verwacht.

Via een tussenverdieping liep hij naar de bar, bestelde een Scotch met soda waarna hij zorgvuldig de omgeving in zich opnam.

Het was pauze; er waren geen muzikanten op het podium. Een kleine donkere man liep het podium op, pakte zijn tenorsax en begon te spelen. Carr, al deed hij nog zo zijn best, kon er geen melodie in ontdekken. Het klonk rustig en zacht, maar was tegelijk totaal onsamenhangend en disharmonisch. Even later voegden de pianist en de steelgitaarspeler zich bij hem op het podium en was het Manley Hatch Trio in sessie.

Carr negeerde de muziek en bestudeerde de pianist. Dus dit was George Bavonette. Zijn zwager. Hij zag er gedistingeerd uit, ernstig en gefixeerd op zijn muziek. Hij had een bleke huid en zijn ogen schenen.

George speelde een uitgebreide solo, eindigde en accepteerde het applaus met een korte knik. "Tjonge," zei de man naast Carr, "hij is geweldig vanavond."

Carr liep naar de telefoon en draaide het nummer dat hij van Cathy had gekregen.

Dean nam op.

"Hallo Dean. Met Carr."

"Carr?" Deans stem trilde maar klonk hard.

"Ja. Carr. Ik ben over tien minuten bij je."

Dean zei met omfloerste stem, "Oké Carr."

Het appartement was dichterbij dan hij had verwacht; hij was er al in vijf minuten. Ze stonden op de namenlijst: George en Dean Bavonette, Apt. 32. Hij drukte flink hard op de bel, merkte dat de deur niet helemaal dicht was en liep naar binnen. Er was geen lift; Carr beklom de met tapijt beklede treden naar de derde verdieping.

Bovenaan de trap stopte hij, het management vervloekend voor de totaal inadequate verlichting.

Aan zijn linkerhand, aan het eind van de gang, stond een man met een bruin jack en een grijze broek. De man keek uit een raam met het opschrift NOODUITGANG, met zijn rug naar Carr toe.

Carr liep rechts de gang in en vond nummer 32. Hij klopte, de deur ging open en Dean deed een stap terug. "Kom binnen, Carr."

Carr liep langzaam het appartement in, draaide zich om en keek naar Dean. Hij was geschokt.

Dean droeg een pyjama met een badjas erover. Haar gezicht was rood en ze keek verward, haar lippenstift was uitgesmeerd en haar haar zat door de war. Ze leek wel dertig.

"Ga zitten Carr. Ga zitten," zei ze bijna ademloos.

"Wat is er aan de hand?" vroeg Carr op scherpe toon. "Je doet raar."

"Ha." Ze lachte — een zachte verwonderde lach. "Ha... Jij zou ook raar doen."

Carr gaf haar een klein pakje. "Ik heb dit voor je meegenomen uit Frankrijk."

Dean nam het pakje aan en zette het op tafel. Carr keek geïrriteerd toe. Dean leek tot een soort besluit te komen.

"Carr."

"Nou?"

"Er is net iets gebeurd. Je raadt het nooit."

"Nee," beet Carr. "Ik denk het niet."

Dean leunde tegen de planken met lp's. "Je bent net een oude vriend misgelopen."

"Ben je dronken? Of stoned?"

Ze glimlachte. "Was het maar waar. Ik voel me vreemd, alsof ik een geest gezien heb."

"Oh, doe niet zo dramatisch."

Dean haalde een hand door warrige kastanjebruine haren en kwam naast hem zitten. "Carr — herinner jij je Robert Struve nog?"

Carr knipperde, zijn hersens knarsten. "Natuurlijk. Wat is er met hem?"

"Je hebt hem net gemist."

"Verdomd als 't niet waar is!" Hij keek haar met toegeknepen ogen aan. "Droeg hij een bruine jas?"

"Zoiets. Een bruin tweed-jack."

"Mmf," sputterde Carr. "Ik zag hem in de gang. Stond met z'n rug naar me toe. Potdorie, ik dacht al dat ie er vaag bekend uitzag!" Hij keek scherp naar Dean. "Wat moest hij hier?"

"Oh — wel —" stamelde ze.

"Maar potverdikke! Robert Struve! Hoe heb je het uitgehouden?"

"Hij is veranderd. En hoe..."

Carr schudde zijn hoofd als een boze stier. "Ik snap het niet — ik snap er helemaal niets van. Wat had hij hier überhaupt te zoeken?"

Dean keek zwaarmoedig omlaag. "Oh — wel, als je het echt wil weten — en dat wil je geloof ik — ik kan niet meer zo goed overweg met George," zei ze boos. "Hij behandelt me als een bijzettafeltje. Iets dat je bij kunt trekken als je het nodig hebt en daarna weer opvouwt en uit de weg duwt. Nou," haar stem klonk weer aarzelend, "ik ontmoette — Robert. Hij wist wie ik was, maar ik wist niet wie hij was. Hij heeft ook een andere naam."

"Ga verder," zei hij kortaf.

"Ik kwam hem tegen. Ik vond hem leuk. Er was iets aan hem…" Ze overpeinsde het beeld in haar hoofd. "In ieder geval, George dacht meteen het ergste; bleef er vreselijk over zeuren. Dus — ik bleef Robert ontmoeten."

"Ga verder," zei hij.

"Er is eigenlijk niet zo veel te vertellen. Het is alleen dat het zo raar afgelopen is. Je komt een knul tegen die je leuk vindt, een vreemde. Je gaat hem leuk vinden, stelt je een beetje aan en ineens kijk je naar hem en zie je dat hij eigenlijk iemand anders is, vermomd. Een beetje akelig ook."

"Wat is er mis met hem?" vroeg Carr nieuwsgierig.

Ze schudde verward haar hoofd. "Het was altijd al een eigenaardige jongen. Weet je nog hoe hij met football was? Hij werd dan een beetje gek. Als hij de bal had, dan kon je z'n benen breken, maar je kon hem niet tegenhouden."

"Wat heeft dat met jou te maken? Jij hebt hem nooit iets aangedaan."

"Dat heb ik hem gevraagd," zei Dean. "Ik zei, 'We konden altijd met elkaar opschieten, Robert. Waarom kijk je me nu zo aan?'

"'Dean,' zei hij, 'wanneer een zalm wordt geboren, drijft hij stroomafwaarts de zee in. Jaren later komt hij terug. Hij heeft een missie. Hij heeft geen keus. Hij wordt gedreven door een innerlijke noodzaak.'

"'Ja,' zei ik hem, 'maar jij bent geen zalm.'

"'Nee — maar ik heb zo mijn compulsies. Ik weet genoeg om me te realiseren waar ze vandaan komen, en ook de enige manier om ervan af te komen.'"

Carr vroeg, "Wat voor compulsies? Zei hij dat?"

Dean schudde haar hoofd. "Ik heb niet gedaan alsof ik snapte waar het over ging, en waar hij al dat psychologische jargon vandaan haalde weet ik niet."

"Eens kijken," zei Carr. "Hij is nu — oh, meer dan een jaar uit de gevangenis, gok ik zo. Hij zal wel verbitterd zijn."

"Hij is er slecht vanaf gekomen. Maar daar kon ik niets aan doen."

"Misschien heeft hij al waarvoor hij kwam," suggereerde Carr. "Misschien verbeeld je je al dat andere."

"Verbeeld ik me!" riep Dean. "Ik weet niet wat ik me verbeeld...ik weet niet wat hij denkt! Ik ben bang—"

"Bang? Waarvoor zou je bang moeten zijn?"

Dean zei ongelukkig, "Ik weet het niet."

Carr stond op. "Welnu — als ik jou was ging ik naar huis, naar San Giorgio. Moeder is boos, maar niet zo boos dat ze niet meer om te turnen is. Ik denk zelfs dat ze blij zou zijn om je te zien."

"Ik heb medelijden met George," zei Dean. "Het is best een fatsoenlijke vent als je hem een beetje leert kennen...ik wil hem geen pijn doen."

Carr pakte de deurknop beet. "Ik ga weer...Moet ik nog iets aan moeder doorgeven?"

Dean keek uit het raam. "Ik bel haar binnenkort wel op. Misschien morgen. Als ik de boel weer een beetje op een rijtje heb."

"Tot ziens," zei Carr. Hij vertrok.

Dean liet zich op de sofa vallen, haar benen onbevallig voor zich uit gestrekt. Ze zag Carrs cadeautje maar kon niet de energie opbrengen om het uit te pakken. Ze dacht aan koffie, maar verwierp het idee weer net zo snel. Ze dacht aan Robert Struve...

De deur ging open. Dean zag wie het was en keek hem verrast aan. "Hallo," zei ze met hese stem. "Dit is — onverwacht."

"Dat dacht ik wel." Hij kwam naar haar toe. Ze zag dat hij een slagersmes vasthield. Haar stem stokte in haar keel. "Wat — wat doe je?"

"Ik heb besloten je te vermoorden."

"Nee — dat kan je niet doen! Je hebt gekregen wat je van me wou," kraste ze. "Ik heb je alles gegeven wat je wilde."

Hij schudde zijn hoofd. "Nee. Nee. Nee." Met zijn linkerhand pakte hij haar haren vast; ze keek verlamd naar hem op. Hij stak haar in de keel. Even later boog hij voorover en haalde uit naar haar gezicht, hakkend, snijdend. Hijgend deed hij een stap terug.

Hij liep naar de badkamer, deed zijn rubber handschoenen uit en waste zijn handen. In de keuken pakte hij een papieren zak en stopte daar de handschoenen en het mes in.

Bij de deur keek hij om naar de bank en het gruwelijke tafereel. Hij kneep zijn lippen op elkaar, schudde kort het hoofd en vertrok.

Hoofdstuk VII

Carr liep naar een telefoon en belde met het Delta Rho Beta huis. "Cathy McDermott, alstublieft."

"Het spijt me, ze is er vanavond niet. Kan ik een naam doorgeven?" zei een stem.

"Zeg haar maar dat Carr Pendry gebeld heeft."

Carr liep terug naar de bar en dronk zijn highball op. Hij was jaloers, alleen, voelde zich ongemakkelijk en ongelukkig. De dingen liepen niet zoals het zou moeten. Hij kon niet echt boos op Cathy zijn; tenslotte was ze zijn meisje; dat was al jaren zo.

Er doemden beelden op in Carrs hoofd, beelden van Cathy die met een andere man danste, bij hem in zijn auto zat, kussend... Hij sloeg zijn drankje achterover. Wacht maar. Ze was niet de enige die dat kon. Hij wenkte de barkeeper.

"Ja meneer?"

"Zeg," zei Carr, "waar kan iemand hier een beetje chique vermaak vinden?"

De barkeeper keek langs hem heen de ruimte in. "Daar weet ik niets van meneer." Hij ging weg en kwam terug met een kaartje. "Dit vond ik laatst op de vloer. Persoonlijk weet ik hier niets van."

"Bedankt," zei Carr.

"Ja meneer," zei de barkeeper.

De avond was nog jong toen Carr de straat weer op ging. De Kalmyra Club was niet ver weg en hij wandelde naar binnen. Het Manley Hatch Trio was druk aan het spelen.

George speelde een lange solo, zijn sobere profiel verdiept in de toetsen. Zijn vingers produceerden fantastische geluiden, een verbijsterende opeenvolging van niet melodische klanken.

Het einde werd begroet met een storm van applaus. Carr keek verwonderd om zich heen. Wat was er met deze muziek? Miste hij iets?

Zijn tweede highball smaakte nauwelijks naar whisky. Hij riep het barmeisje terug. "Neem deze rommel mee en breng me een echte borrel."

"Ja, meneer."

Ze bracht hem een ander glas, maar dat was niet veel beter. Misschien was het wel hetzelfde. Ziedend liet hij het op de tafel staan.

De muziek hield ermee op; George Bavonette slenterde langs. Carr reikte en pakte hem bij zijn jas beet. George keek fronsend op hem neer. "Als je een souvenir wilt, zal ik je mijn handtekening geven."

"Ga zitten," zei Carr. "Ik wil met je praten."

"Gaat niet gebeuren," zei George en maakte aanstalten om door te lopen.

"Over Dean," zei Carr.

George draaide zich om. "Wat is er met haar?"

"Ik ben haar broer," zei Carr.

George keek op hem neer met glinsterende ogen. "Jij bent haar broer? Haar koninklijke broer. Wat brengt je hiernaartoe?"

"Gewoon even kijken," zei Carr. "Die muziek is erg interessant."

George liet zich in een stoel zakken. "Vanwaar opeens die broederlijke liefde?"

"Ik kom net terug uit Europa," zei Carr. "Dit was de eerste gelegenheid die ik had om Dean op te zoeken."

"Oh," zei George, "je hebt Dean dus gezien?"

"Ja. Aan het begin van de avond."

George knikte. "En hoeveel kerels renden de achterdeur uit toen je binnenkwam?"

Carr zei ijzig, "Dat soort praat is nergens voor nodig."

"Ha!" lachte George. "Het maakt nu niets meer uit. Omdat het liedje afgelopen is. Vanaf nu —" hij maakte een gebaar "— danst zij haar jive en ik de mijne."

"Bedoel je," vroeg Carr hoopvol, "dat je van plan bent om bij haar weg te gaan?"

George stond op. "Bij haar weggaan? Man, ik ben al klaar. Ik ben weg." Hij maakte een vaag afscheidsgebaar en slenterde weg.

Carr dacht na. Dat was goed nieuws. Dean kon met hem teruggaan naar San Giorgio, een nieuw begin maken.

Carr verliet het Kalmyra en reed naar het appartement. Ook nu stond de deur op een kier. Hij liep de trappen op en klopte op de deur bij nummer 32.

Geen reactie.

Hij probeerde de deurklink. De deur zwaaide open.

Rond drie uur liet de politie Carr gaan. Hij reed in een waas naar het Fairmont, boekte een kamer en nam glazig de lift. Hij wankelde zijn kamer binnen, liet zich in een stoel zakken en begon te huilen.

Haar eens zo bekende gezicht, nu zo verschrikkelijk vreemd, alle geheimen van de interne structuur blootgelegd... Hij balde en ontspande zijn vuisten. Wanneer ze de moordenaar te pakken hadden —

Wanneer de ze moordenaar te pakken hadden. Zouden ze hem te pakken krijgen? Er waren zoveel onopgeloste misdaden —

Bij God, hij zou erop toezien dat ze deze gingen oplossen! Hij zou ze net zolang lastigvallen tot ze iemand zouden arresteren! Luitenant Spargill van moordzaken leek efficiënt genoeg — een lange gevoelig uitziende man met donker zandkleurig haar.

Carr had hem alles verteld: over Deans ongelukkige huwelijk, haar vreemde affaire met Robert Struve. "Vanavond nog vertelde ze me dat ze bang voor hem was. Hij bedreigde haar."

"Robert Struve, he? Waar woont hij?"

"Wel, dat weet ik niet."

"Hoe ziet hij eruit?"

"Ik ben bang dat ik dat ook niet kan zeggen. En waarschijnlijk gebruikt hij een andere naam."

"Je weet niet welke naam hij gebruikt?"

"Ze heeft hem nooit genoemd. Ik wilde het vragen maar ben het vergeten." Carr sprong op van zijn stoel en beende heen en weer. "Als ik die vent in mijn vingers krijg..."

"Rustig maar, meneer Pendry. We krijgen hem wel..."

Terug in zijn hotelkamer viel Carr in slaap.

Hij werd wakker met een verschrikkelijke hoofdpijn. Hij belde Room Service en bestelde koffie en dwong zich toen om met San Giorgio te bellen.

Het gesprek verliep zo slecht als hij zich al had voorgesteld. Erger nog. Hij overtuigde zijn vader ervan niet naar San Francisco te komen en beloofde direct terug te keren naar San Giorgio.

Om tien uur belde hij luitenant Spargill. Spargill was beleefd maar liet niets los.

"We zijn de situatie aan het bekijken, meneer Pendry. In feite denk ik zelfs dat we al aardig dicht bij de oplossing zijn."

"Goed!" zei Carr woedend. "Ik hoop dat jullie hem aan de hoogste boom opknopen."

"We doen ons uiterste best."

"Is er nog een reden voor mij om in San Francisco te blijven?"

"Nee, ik denk het niet. Waar kunnen we u vinden mochten we u nodig hebben?"

"In San Giorgio. U heeft mijn adres."

"Prima, meneer Pendry. Mocht het nodig zijn dan nemen we contact met u op."

Op het moment dat Carr aankwam in San Giorgio kopte de *Herald-Republican* al met het nieuws:

LOKAAL MEISJE SLACHTOFFER
VAN VERMINKINGSMOORDENAAR

Carrs moeder lag zwaar onder de kalmeringsmiddelen in bed; zijn vader was gevaarlijk gespannen. Carr vertelde het hele verhaal nog een keer. "Waarschijnlijk herinner je je hem niet. Hij ging nooit met ons om."

"Struve," zei Pendry, een dunne man met zijdeachtig grijsblond haar en een parmantige snor. "Robert Struve. Ik kan hem niet plaatsen."

"Dat is dat jong dat mijn scooter vernield heeft, weet je nog?"

"Oh ja..."

De *Herald-Republican* wist het nieuws nog voor de Pendry's. Carr las vol verbazing het verhaal. "Ze hebben haar man opgepakt. Ze hebben Bavonette gearresteerd!"

"Bavonette!" zei zijn vader. "Maar jij zei..."

"Er is een verschrikkelijke fout gemaakt," mompelde Carr. "Ik heb George zelf nog gesproken in de nachtclub."

Pelton Pendry fronste twijfelend. "Ze zouden dit niet doen als ze niet aardig zeker van hun zaak waren."

"Ik ken die gasten," zei Carr kwaadaardig. "Ze pakken gewoon de eerste de beste en denken daarmee de zaak opgelost te hebben. Waarschijnlijk weten ze die Struve gewoon niet te vinden." Carr stond op. "Ik ga ernaartoe."

"Misschien kan ik beter meegaan," zei Pelton Pendry.

Luitenant Spargill begroette hen vriendelijk. "Het is overduidelijk," vertelde hij. "Bavonette heeft de moord gepleegd."

"Maar ik heb hem zelf gezien!" riep Carr. "Ik heb met hem gesproken in de Kalmyra Club."

"Ja, maar hoelang nadat je bij je zus bent weggegaan?"

"Oh —" Carr knipperde en viel stil.

"Wel?"

"Ik denk een paar uur," zei Carr. "Rond halftwaalf."

Spargill knikte. "Dat bedoel ik."

"Maar — als hij in een nachtclub speelt kan hij er niet zomaar vandoor zonder dat iemand dat in de gaten heeft!"

"De band had een pauze van kwart voor tien tot bijna tien over tien. Hij had alle tijd."

"Dat bewijst nog steeds niets. Dean was bang voor die Robert Struve! Hij bedreigde haar! Hij was —"

Luitenant Spargill onderbrak hem: "George Bavonette staat erom bekend dat hij geweldig jaloers is. Dean stond erom bekend — wel — vergeef me — nou, ze was een leuke knappe meid. Ze hadden meer dan eens ruzie."

"Ja, maar —"

"En, er is bewijsmateriaal dat we niet hebben gedeeld met de kranten. Strikt vertrouwelijk — we hebben het moordwapen en een paar rubberen handschoenen gevonden. Die zaten in een papieren zak in de vuilnisbak achter de Kalmyra Club."

"Kan het daar niet neergelegd zijn?" vroeg Carr met ingehouden stem.

"We onderzoeken alle invalshoeken," zei Spargill. "Maar ik ben er zeker van de juiste man te pakken hebben. Dit soort dingen volgt een patroon."

※

De volgende dag was er een stille begrafenis waarbij Dean Pendry in het familiegraf ter ruste werd gelegd.

In de *Herald-Republican* verscheen een vervolg op het artikel over de moord. George Bavonette had de moord bekend.

Carr Pendry gooide de krant op de vloer. "Hij is er ingeluisd!"

"Hij geeft het toch toe?" vroeg zijn moeder. "Hij zou het niet zeggen als hij het niet gedaan had." Haar ogen waren rood, maar na vijf dagen was ze weer in staat om te praten zonder in tranen uit te barsten.

"Jij kent die gasten niet," zei Carr. "Bavonette is labiel. Als je hem maar lang genoeg op zijn huid zit bekent hij alles. Ik ga ernaartoe om zelf met hem te praten."

Het was geen probleem om Bavonette te zien te krijgen, die met een mager, marmerkleurig gezicht naar de tralies toe kwam.

"Hallo," zei Carr, die de trilling uit zijn stem probeerde te houden. Tenslotte zou dit een schuldig man kunnen zijn. "Herinner je je me?" vroeg hij. "Ik ben Deans broer."

"Ja," zei George. "Ik herken je nu."

Carr hield het praatje dat hij had voorbereid. "Ik lees in de krant dat je bekend hebt."

George keek naar Carr.

Carr zei, "Maar wij zijn niet overtuigd dat jij de schuldige bent."

George zei niets.

"Wel," vroeg Carr scherp, "heb je het gedaan?"

"Ze zeggen het."

"Hebben ze je een bekentenis afgedwongen?"

"Het ging niet vanzelf."

"Heb je een advocaat?"

"Wat heb ik aan een advocaat? Ze hebben me te pakken."

Carr knikte. "Geef de moed niet op. Zeg dat je onschuldig bent. Dat ze de bekentenis bij je hebben afgedwongen. Ik weet wie het echt gedaan heeft."

George toonde een sprankje interesse. "Dat weet je? Wat ga je eraan doen?"

"Alles wat ik kan. Maar ik heb je hulp nodig."

"Ik kan je niet helpen. Ze hebben me in de tang. Dat kun je zelf zien."

"Ik bedoel informatie."

"Ik weet nergens niks van."

Carr verzekerde hem dat zijn belangen zouden worden behartigd en vertrok. Hij belde met Cathy en reed toen naar het Delta Rho Beta huis.

"Laten we ergens naartoe gaan waar we kunnen praten," stelde hij voor.

"We kunnen hier praten," zei Cathy. "Ik moet nog twee boeken lezen voor morgen."

Carr zei driftig, "Ik zou je weleens willen aantreffen zonder dat je nog twintig andere dingen te doen hebt."

"Oh, doe eens rustig Carr," zei Cathy sussend. "Het maakt echt niets uit."

"Oh nee?" Ze droeg een blauwe spijkerbroek en een gele sweater. Hij liet zijn ogen over haar lichaam glijden; ze bewoog ongemakkelijk.

"Oh, stop daarmee Carr." Ze ging in de hoek van de bank zitten met een been onder haar gevouwen. "We vinden het allemaal verschrikkelijk van Dean."

Carr knikte strijdlustig. "Wie dit ook gedaan heeft — hij gaat er niet mee weg komen."

Cathy was verrast. "'Wie' dit ook gedaan heeft? George heeft het gedaan!"

Carr haalde zijn schouders op. "Daar ben ik nog niet zo zeker van. Ik heb hem net gesproken."

"Wat zei hij? Heeft hij gezegd dat hij het niet gedaan heeft?"

"Wel, niet met zoveel woorden. Maar ik ben bij Dean geweest, weet je — ik denk nog geen uur voordat ze vermoord werd."

Julie kwam de kamer binnen. "Hallo Carr."

Cathy maakte plaats voor haar op de bank. "We hebben het over Dean."

"Oh." Julie ging zitten. "Wat is het nieuws?"

"Ik ben er niet zo zeker van dat George het gedaan heeft," zei Carr.

"Hoezo?"

"Dean heeft me iets verteld, ongeveer een uur voordat ze — voor het gebeurde. Weten jullie dat ze een verhouding had?"

Julie haalde haar schouders op. "Dean was altijd verliefd op vier man tegelijkertijd."

"Ja, maar je raadt nooit wie haar vriend was."

"Wie?"

"Robert Struve."

"Bedoel je — onze Robert Struve? Uit San Giorgio?"

"Dat klopt."

"Maar —"

"Ze had hem niet herkend — zijn gezicht was opgelapt. Plastische chirurgie denk ik. En hij gebruikte een andere naam. Ze zei dat hij haar bedreigde, dat hij een soort dwang had."

"Dwang om wat te doen?"

"Om te doen wat hij gedaan heeft, neem ik aan."

Cathy zei, "Heb je dit aan de politie verteld?"

"Natuurlijk heb ik het de politie verteld. En daarna hebben ze George opgepakt en hem een bekentenis afgedwongen."

"En nu zegt hij dat hij het niet gedaan heeft?"

"Hij zegt sowieso niet veel."

Julie zei weifelend, "Ze moeten behoorlijk zeker van hun zaak zijn, Carr. Ze zouden George niet arresteren tenzij ze het weten."

"Mijn lieve meisje," zei Carr uit de hoogte, "politieagenten zijn *mensen*!"

"Dat bedoel ik," zei Julie.

"Dat alles terzijde," zei Carr. "Maar voor het geval dat ik gelijk heb en Struve een gevaarlijke gek is — pas op je tellen."

Julie zei, "Hij heeft geen enkele reden om ons lastig te vallen."

"Hij had ook geen reden om Dean lastig te vallen. En toch heeft hij in haar gezicht zitten snijden tot er niets meer van over was!"

HOOFDSTUK VIII

BIJ DE RECHTSZAAK tegen George Bavonette voor de moord op Dean Pendry Bavonette bestond er geen enkele twijfel. Hij pleitte onschuldig wegens ontoerekeningsvatbaarheid, maar de jury had nauwelijks de box verlaten of kwam al terug met het oordeel: schuldig.

De rechter veroordeelde George Bavonette tot de doodstraf in de gaskamer en Bavonette hoorde het vonnis met afhangende mondhoeken aan, terwijl hij met zijn vingers een zonderling ritme op de eiken reling trommelde.

Carr Pendry voerde een boos gesprek met de advocaat. "Dat was totaal geen verdediging — 'ontoerekeningsvatbaar'! Je had 'niet schuldig' moeten pleiten en het gevecht moeten aangaan!"

De advocaat schudde koel beleefd zijn hoofd. "Geen schijn van kans, meneer Pendry. U houdt geen rekening met de lading bewijs tegen Bavonette. Het beste waar we op konden hopen was ontoerekeningsvatbaarheid. Dit was duidelijk het werk van een instabiele geest."

"Dat ben ik met je eens," snauwde Carr. "Maar waarom neem je daarvoor de echte moordenaar niet?"

"Hoe weet u zo zeker dat Bavonette onschuldig is? Er is geen greintje bewijs dat hij het niet gedaan heeft."

"Ik ga af op wat mijn zus me verteld heeft."

"Dat bewijst niets."

Twee weken daarvoor had Joe Treddick aan Julie verteld dat hij de volgende zaterdag naar Monterey zou rijden en had haar gevraagd of ze zin had om mee te gaan.

"Tuurlijk," zei Julie. "Als ik maar om zes of zeven uur terug ben. Er is dan een bal van de studentencorpsen en ik heb een date. Wat is er te doen in Monterey?"

"Ik heb een baan nodig voor de zomer. Een vriend van me — een oude scheepsmaat — heeft een vissersboot. Ik kan dus net zo goed gaan vissen als wat anders doen."

Ze dronken koffie in Jack's Restaurant net buiten Sather Gate. Julie keek uit het raam en stak haar hand op naar een lange donkerharige jongeman met een arrogante neus met een hoge brug en diep gezette donkere ogen, die zuidwaarts liep op Telegraph Street.

"Dat is Tex Hanna," zei Julie. "Kappa Alpha. Mijn date voor het studentencorpsbal." Ze keek naar Joe als een kitten die de reactie afwacht van een krekel die ze net een tik had gegeven.

Joe keek Tex Hanna na en toen weer terug naar Julie. "Ziet er goed uit, die vent."

Julie dronk haar koffie. Joe's reacties waren nooit voorspelbaar, hoewel hij waarschijnlijk niet ouder was dan Tex en zeker niet zo oud als Carr.

Joe ontspande en keek haar aan met een stille schattende blik waar Julie zich op een prettige manier zelfverzekerd door voelde.

Zaterdagmorgen om acht uur parkeerde Joe zijn verweerde blauwe Plymouth sedan voor het Delta Rho Beta huis en kwam Julie naar buiten rennen. Ze droeg een donkerblauwe pullover en een verschoten blauw denimrokje.

"Je bent mooi op tijd," zei Julie tegen hem terwijl ze in de auto stapte.

"Net als jij."

"Oh, ik heb heel veel soorten deugden."

Met de zon schijnend door een hooggelegen mistbank in de baai van San Francisco reden ze zuidwaarts. Bij San Jose was de mist verdwenen en straalde de zon geel. Bij Monterey aangekomen, liet een wind uit de Stille Oceaan uit de richting van Hawaii de zwarte cipressen kronkelen en bevlekte de oceaan met witte schuimkoppen.

Joe parkeerde voor Fisherman's Wharf; ze stapten uit en liepen de pier op. Onder hen dansten en kreunden de witte en blauwe vissersboten aan hun aanlegplaatsen. De lucht rook naar teer en vis en minuscule zoutwaterdruppeltjes sproeiden hen in het gezicht. Joe stopte halverwege de pier en fronste naar een kleine vieze grijze trawler. Hij haalde een brief uit zijn zak en controleerde het nummer van de aanlegplaats.

"Dit is de goede plek, maar de verkeerde boot," zei Joe.

Een Italiaan met krullend haar kwam naar boven uit de grijze trawler met een emmer vol ruimwater.

"Hey," riep Joe naar beneden. "Waar is de *Consuela*?"

"Die is weg. Twee weken geleden. Ik denk naar San Diego."

"Bedankt."

Joe en Julie liepen terug over de pier. Julie nam zijn arm.

"Dat is jammer, Joe."

"Het was ook maar een klein kansje." Hij keek op zijn horloge. "Halftwaalf. Wat dacht je van lunch?"

"Ik heb honger."

Ze aten schelpdierenchowder en gebakken vis in een restaurant aan de kop van de kaai. Joe leek rusteloos en gespannen. Dat verbaasde Julie. Het leek onwaarschijnlijk dat hij van streek was over het missen van de vissersboot.

Na de lunch liepen ze langs de waterkant, de zeemeeuwen boven hun hoofden cirkelden en schreeuwden, de wind blies in hun gezicht en ze keken uit over de oceaan.

Joe pakte een steen op en gooide die in de branding. Hij lachte. "Ik word ongedurig in de buurt van zout water."

"Oh," zei Julie. "Ben je *daarom* zo humeurig!"

"Ik denk het… Kijk." Hij wees naar een zeilboot die afgemeerd was aan een boei. "Een Tahitiaanse kits. Daarmee zouden we overal naartoe kunnen gaan."

" 'Wij'?" Julie trok aan zijn arm. "Je hebt me nog niet eens gevraagd."

"Boten kosten geld. Die kits kost vijf- tot zesduizend dollar. Nog eens duizend voor de uitrusting. Een paar duizend om van te leven…"

"We gaan sparen," zei Julie. "Ik geef bakken geld uit aan cola en lippenstift."

"Ik zou kunnen stoppen met eten," zei Joe.

Ze reden terug naar Berkeley, spraken onderweg niet veel, en kwamen om halfvijf aan bij het Delta Rho Beta huis. Het was een frisse bewolkte middag; jonge mannen en vrouwen liepen gehaast door de straat.

"Ik zal je niet mee naar binnen vragen," zei Julie. "Het hele huis is dan in rep en roer."

"Veel plezier," zei Joe.

Julie voelde zich lichtelijk schuldig. Het studentencorpsbal zou betoverend en amoureus worden met goeie muziek. Julie wilde Joe vragen waar hij naartoe ging vanavond, wat hij ging doen, maar kon het niet.

Ze gaf een kneepje in zijn hand. "Het was een heerlijke dag, Joe, ook al heb je geen baan gekregen."

"Wie wil er nu werken?" zei Joe. "Wel, tot ziens."

"Tot ziens, Joe."

Ze keek hem na terwijl hij wegreed, draaide zich om en ging naar binnen.

Het studentencorpsbal was een enorm succes, net als Julie zelf. Ze droeg een nieuwe avondjurk van grijs en wit gestreept katoen. Van Tex Hanna had ze een bosje witte orchideeën gekregen die ze in haar haar droeg. Om halftwee speelde het orkest *Good Night Sweetheart*; De muzikanten pakten daarna hun instrumenten in, de lichten dimden en de jongemannen in tuxedo's slenterden samen met de meiden in avondjurken naar de lobby.

Tex Hanna en Julie ontmoetten Cathy en haar date, Tom Shaw, bij Foster's voor koffie en donuts. Daarna reden ze over de brug terug om op tijd binnen te zijn voor de avondklok van halfdrie.

Tex liep met Julie mee de portiek op en gaf haar een afscheidskus.

Julie zei, "Ik heb een geweldige avond gehad Tex," hetgeen ook waar was, en ging naar binnen.

Ze bleef staan in de hal. Ze was opgewonden, gestimuleerd door de muziek, het dansen en de drankjes, en door het idee dat ze al twee uur in haar hoofd had. Ze keek op de grote staande klok. Twee uur twaalf. Nog achttien minuten tot de avondklok. Het idee was te mooi om niet uit te voeren. Ze opende de deur. Er was niemand in zicht.

Ze rende over het trottoir naar haar auto en reed naar Barrington Hall. Hier hield ze onzeker halt, opkijkend naar de vijf verdiepingen tellende betonnen massa. Ze kon bezwaarlijk aan gaan bellen. Als ze nu wist welk raam van Joe was, kon ze misschien steentjes gooien. Een of twee ramen waren nog verlicht. Een ervan zou dat van Joe kunnen zijn.

Er stopte een auto achter haar. De koplampen gingen uit en de motor werd afgezet. Een jongeman stapte uit en begon de trap op te lopen.

"Hi," riep Julie.

De man draaide zich om en liep naar de convertible, zijn hoofd opeens gevuld met fantastische onmogelijke ideeën. "Hi!"

Julie rook het bier op zijn adem. "Kun je me een plezier doen," zei ze. "Als Joe Treddick nog wakker is, wil je hem dan zeggen dat ik hem graag wil spreken?"

Hij tuurde snaaks naar Julie. "Kun je het niet met mij af?"

"Vanavond niet."

De jongeman draaide zich teleurgesteld om en ging naar binnen. Julie wachtte ongedurig, onderwijl op haar horloge kijkend.

Joe kwam naar buiten, nog steeds gekleed in een grijze broek en een donkere trui. Hij bekeek haar van top tot teen. "Wow, je ziet er geweldig uit."

Julie was ontzettend blij dat ze was gekomen. "Ik heb maar een minuutje. Ik had een geweldig idee — en ik kon gewoon niet wachten om het je te vertellen."

Hij leunde voorover met zijn armen op de deur. "Wat voor idee?"

"Volgende week — zaterdag — zou ik graag zien dat je met me mee naar huis ging, naar San Giorgio. We komen zondag weer terug. Oké?"

Joe keek haar nadenkend aan. "Oké. Maar waarom?"

"Zomerbaantje."

"Voor mij?"

Ze knikte.

Joe ging wat rechter staan. Julie pakte zijn hand. "Kom op Joe, niet te trots zijn!"

"Ik, trots?" zei Joe. "Ik heb totaal geen trots."

"Natuurlijk wel. Ik heb me de hele avond zorgen over je zitten maken."

Joe grinnikte. "Dat zal je date leuk gevonden hebben."

"Oh, hij wist het niet. Ik zou dat niet met hem bespreken."

"Dat kan ik me voorstellen…Wat voor soort baan?"

"Er zijn op zijn minst drie mogelijkheden…Maar we hebben het er later wel over; ik moet als een speer terug. Oké?"

"Oké."

"Welterusten, Joe."

"Welterusten."

Julie draaide met gierende banden om en jakkerde de cabriolet de heuvel op. Ze parkeerde, rende de stoep op en stormde de deur binnen met nog dertig seconden op de klok. Cathy McDermott, op weg naar boven, keek over de reling.

"Julie Hovard! Ik dacht dat je al eeuwen binnen was."

Julie rende de trap op. "Ik heb je heel veel te vertellen..."

Cathy had haar bedenkingen over het idee; ze had een vage afkeer van Joe. Haar maatstaven waren gebaseerd op sociale acceptatie, conventie, goede manieren. Ze probeerde het aan Julie uit te leggen en omdat ze niet in staat was haar vage afkeer concreet te maken, verzon ze redenen.

Julie spotte met haar.

Eigenlijk was Cathy helemaal niet in staat om kritiek op Joe te verzinnen. Zijn gedrag was onberispelijk. Julie onthulde dat hij zelfs nog nooit getracht had haar te kussen.

Cathy was verrast. "Waarom ga je dan eigenlijk met hem uit?"

"Oh, dat komt er nog wel een keer van," zei Julie. "Waarom ga je volgend weekend niet mee naar huis?"

"Ik heb een date," zei Cathy. "Tom Shaw."

"Neem hem dan mee."

"Dat zou ik kunnen doen..."

Uiteindelijk ging Cathy akkoord en de volgende zaterdag reden ze met zijn vieren noordwaarts in Julie's cabriolet.

En dus, toen Carr Pendry na de veroordeling van George Bavonette het Delta Rho Beta huis belde, kreeg hij te horen dat Cathy voor het weekend naar huis was gegaan.

Hij kwam om drie uur in San Giorgio aan, parkeerde de Jag en ging naar het huis van de McDermotts, waar mevrouw McDermott hem vertelde dat Cathy was gaan zwemmen bij de Hovards. Carr marcheerde het terras op bij de Hovards, waar hij Julie, Joe, Cathy en Tom Shaw bij het zwembad in de zon aantrof. Joe Treddick en Tom Shaw waren elementen waarmee hij geen rekening had gehouden. Wrokkig en warm in zijn tweedjasje, liet hij zich in een ligstoel vallen. "Nou — ze hebben Bavonette veroordeeld. Hij gaat op zeven juli naar de gaskamer."

Er viel een stilte. Daarop zei Julie, "Wel, hij heeft het aan zichzelf te danken."

"Ha!" brieste Carr. Hij stak een sigaret op, leunde achterover en blies de rook met kracht uit zijn neus. "Ik geloof nog steeds niet dat hij het gedaan heeft. Die arme sukkel van een Bavonette heeft zichzelf gehypnotiseerd."

"Maar hij zou toch zeker nooit zomaar een moord bekennen!" protesteerde Julie.

"Mijn lieve kind," zei Carr, "lees er maar eens een goed boek over freudiaanse psychologie op na. Over schuldcomplexen en doodswensen."

"Maar waarom, Carr? Waarom zou hij zich schuldig voelen?"

"Dat weet ik niet," zei Carr. "Tenslotte weten we helemaal niets van Bavonette's verleden."

"Ga je zwembroek halen, Carr," zei Julie. "Je ziet er helemaal verhit uit."

Carr nam Tom Shaw op, zijn lichaamsbouw vergelijkend met die van hemzelf. Toen hij besloot dat hij geen slecht figuur zou slaan, sprong hij op en liep door de tuin naar het huis van de Pendry's.

"Arme Carr," zei Julie. "Over complexen gesproken. Hij maakt zichzelf nog gek met proberen te bewijzen dat Robert Struve Dean vermoord heeft."

"Wie is Robert Struve?" vroeg Tom Shaw.

"Oh, een arme ongelukkige jongen die we vroeger kenden."

"Carr denkt dat hij Dean vermoord heeft," zei Cathy. "Het is natuurlijk niet onmogelijk."

"Mijn eerste liefde," zei Julie, met een heimelijk blik naar Cathy, die beschaamd keek. Van al Julie's vrienden wist alleen Cathy precies wat er gebeurd was; en net als Julie's moeder was zij er meer van ontdaan dan Julie zelf.

Julie was het ongeluk absoluut niet vergeten. Altijd wanneer ze aan Robert Struve dacht, kwamen er twee heldere beelden op. Het eerste was een flits van een blauw shirt op een rode scooter, net voor Jamaica Arch. Daarna de gehate bons en het gedempte gekletter van de scooter in de greppel...Het tweede was een herinnering aan een footballwedstrijd in haar eerste jaar op de middelbare school. Het team van Paytonville was groots en onverzettelijk. De score stond al drie kwarten gelijk op 6 tegen 6. In de laatste minuten van het vierde kwart kwam San Giorgio in balbezit, diep in het eigen gebied.

Bob Goble gaf de bal af aan Robert Struve, die na een bijna rustige start naar voren begon op te rukken. Na zes yards werd hij door drie tegenstanders neergehaald.

De derde down; Goble naar Struve. Opnieuw het langzaam opbouwen van kracht, de bijna brutaal rustige start. Nog eens zes yards.

Goble naar Struve: hetzelfde spel, maar nu wachtte het voltallige Paytonville team hem op. Struve had ze kunnen vermijden, maar in plaats daarvan deed hij zijn hoofd omlaag en dook er middenin. Opnieuw zes yards verder.

San Giorgio ging door het dak. "Zes yards, Robert! Zes yards!" Zeven yards. Zes yards. Vijf yards.

Dit was Julie's tweede herinnering aan Robert Struve: achter het draad van de helm zag zijn gezicht er grotesk uit, magnifiek, als een Azteeks oorlogsmasker.

Tijdens het diner praatte Darrell Hovard honderduit over de nieuwe countryclub. De grond werd voorbereid voor bebouwing en bulldozers gaven de golfbaan al vorm.

Julie kwam direct tot de kern. "Pap, Joe zoekt een baantje voor de zomer. Kan hij niet bij Mountainview aan de slag?"

Joe's mond viel open. Dit had hij niet verwacht.

"Maar liefje," zei Darrell Hovard, "daar ga ik niet over. Al het werk is aangenomen."

"Dat weet ik, maar als je nu met een van de aannemers zou praten..."

Joe protesteerde ongemakkelijk, maar Julie negeerde hem.

"Dat kan je toch, pap, of niet?"

Darrell Hovard keek Joe onderzoekend aan. "Wat kun je eigenlijk allemaal, Joe?"

"Maar, meneer Hovard, ik wou niet —"

Margaret onderbrak. "Julie, lieverd, niet zo aandringen! Waarschijnlijk heeft Joe helemaal geen zin om de hele zomer vast te zitten in zo'n saaie plek als San Giorgio."

"Dat is het niet, mevrouw Hovard —"

"Joe," zei Julie, "vertel mijn vader wat je allemaal kunt."

"Ik heb een sterke rug," zei Joe.

"Oh, Joe," zei Julie. "Hij studeert voor ingenieur, vader."

En met één telefoontje werd geregeld dat Joe direct na de examens aan het werk zou gaan als kiepwagenchauffeur.

HOOFDSTUK IX

OP HET MOMENT dat Julie Joe zondagavond laat afzette voor Barrington Hall, wisten ze beiden dat hun relatie in een beslissende fase was aanbeland. Of ze gingen door, of ze stopten ermee. Als Joe de handschoen niet had opgepakt, had Julie niet geweten wat ze had moeten doen.

Maar Joe stelde haar niet teleur. Hij sloeg een arm om haar heen, kuste haar gewillige mond en daarna het puntje van haar neus.

"Het einde van een perfect weekend," zei Julie.

"Het was fijn," zei Joe. Even later zei hij, "Te fijn."

"Niets is ooit te fijn," zei Julie. "Dat kan nooit."

Joe keek haar aan en ze kreeg het gevoel dat hij iets belangrijks wilde gaan zeggen. Maar hij bleef stil.

"Waar denk je aan?"

Joe zuchtte. "Julie — je zou het niet begrijpen tenzij je ooit iets geweldigs zou zijn ontnomen... Ik geloof niet dat dat ooit gebeurd is."

"Nee." Ze kneep in zijn hand. "Maar ik kan me voorstellen..."

"Wel — probeer te denken in termen van doelstellingen..."

Julie deed een stap terug en keek hem onderzoekend aan. "Wat zijn dat dan voor doelstellingen — of moet ik dat niet vragen?"

Joe lachte. "De eerste en meest belangrijke heet Julie Hovard."

"Hou je me voor de gek, Joe?"

"Nee, Julie."

"Weet je het zeker? Absoluut, definitief, honderd procent zeker?"

"Ja."

"In dat geval —" Ze sloeg haar armen om hem heen en hij omhelsde haar steviger, langer en intenser dan ze ooit iemand eerder had toegestaan.

Joe liet haar los en stapte uit. Ze bespeurde een onderstroom bij hem die ze niet kon thuisbrengen... Nu ja, ze had nog ruim voldoende tijd om daar achter te komen. Ze zwaaide, startte de auto en reed terug naar het Delta Rho Beta huis.

Cathy nam haar bij binnenkomst op met opgetrokken wenkbrauwen. "Je lippenstift is uitgesmeerd."

"Natuurlijk is het dat," zei Julie. Ze voelde opeens een sterke aandrang om Cathy te omhelzen en deed dat ook.

"Je stroomt er echt van over, nietwaar? Net als een kleine puppy."

Julie kefte als een puppy en ging uitgelaten naar bed.

Nog twee weken eindexamens en daarna vrijheid!

Julie was net twee dagen thuis toen Joe belde.

"Joe! Waar ben je?"

"In San Giorgio... Ik begin morgenvroeg met werken."

"Maar waar ben je nu? Je komt toch hier, of niet?"

"Ik moet eerst een plek vinden om te verblijven en ik heb een werkvergunning nodig van de vakbond."

"Er is iets op Second Street. Het Fair Oaks Guest House. Het is ouderwets, maar leuk en rustig."

"Ik ga er direct naartoe."

Margaret Hovard kwam binnen toen Julie net ophing. Ze vroeg, "Wie was dat, lieverd?"

"Dat was Joe. Hij komt vanavond hier eten."

Margaret fronste lichtelijk verbaasd. " 'Joe'?"

"Joe Treddick."

Margaret deed alsof ze nadacht. "Jij hebt zoveel jongemannen te vriend. Het kost me moeite om het allemaal bij te houden."

Julie legde uit wie Joe was.

"Oh," zei Margaret. "Die." Zij en Darrell waren niet helemaal blij met Joe. "Vind je hem niet een beetje — saai?"

"Saai?" riep Julie geamuseerd. "Echt niet."

"Hij zegt nooit zo veel," zei Margaret. "Neem nu Norman Baker — die is zo slim en grappig."

"Hij wordt nog eens ziek van al die grappen."

"En Carr... Ik snap niet dat je niet wat meer interesse toont in Carr."

Julie lachte, genietend om haar moeders naïviteit. "Carr bedoelt het goed, maar hij is zo bekrompen."

"Ik vind hem erg degelijk. En ik snap niet wat je in Joe ziet."

"Er is zo veel aan hem te zien."

Darrell Hovard kwam thuis en mengde zich in het gesprek. Hij had persoonlijk geen bezwaar tegen Joe, maar wilde wel graag iets meer weten over de jongemannen waar Julie mee uitging.

Margaret vroeg Julie of ze ooit iemand van Joe's familie had ontmoet. "Nee," zei Julie. "Die wonen in Boston."

"Maar wie zijn ze?"

Julie veronderstelde dat het gewone stervelingen waren, net als ieder ander. Darrell veranderde het onderwerp van gesprek; hij wilde geen punt van Joe maken. Over een paar maanden werd Julie achttien en kon ze trouwen met wie ze maar wilde. Darrell wilde geen romantische ideeën in haar hoofd planten.

Voor het eten had hij een onderonsje met Margaret. "Geef haar wat tijd," zei Darrell. "Ze wordt groter. Alle meisjes hebben hun kleine affaires voordat ze zich binden; Julie is niet anders dan anderen."

"Daar ben ik nog niet zo zeker van."

"Wacht maar af," zei Darrell.

"Ik hou er gewoon niet van om dingen aan het toeval over te laten," zei Margaret.

Darrell dacht erover na. "Wel — er is een gemene truc die we kunnen uithalen met die arme jongen — maar misschien wel beter voor op de lange termijn."

"Wat bedoel je?"

"Julie is niet gek. Als hij hier rondhangt krijgt ze de kans om hem te vergelijken met ons en haar vrienden, dan komt ze er vanzelf wel achter."

Margaret was verbaasd. "Ik snap je nog steeds niet Darrell."

"Nou, in alle eerlijkheid, als hij hier dag en nacht is, dag in, dag uit — als we Julie bij wijze van spreken met haar neus in zijn aanwezigheid drukken — dan is de glans er waarschijnlijk snel af."

"Misschien wel... En als we veel andere mensen over de vloer hebben, Julie's oude vrienden, van haar eigen soort..."

Of het nu met opzet was of per ongeluk, maar Joe weigerde zich in hun plannen te schikken. Hij bedankte beleefd om meer dan een of twee keer per week bij de Hovards te blijven eten.

Darrell deed discreet navraag hoe Joe zijn werk deed en was redelijk geïrriteerd toen de aannemer aangaf dat als hij er nog een paar zoals Joe had, hij ze maar moest sturen.

De massa's jonge mensen die Darrell en Margaret zich hadden voorgesteld bleven ook uit. Het was een rustige zomer. Julie trok veel op met Cathy en ook met Lucia Small, die terloops liet vallen dat ze niet van plan was om terug te gaan naar Radcliffe. De mannen van Harvard waren saai; ze was er niet zeker van of ze überhaupt een graad in de psychologie wilde behalen.

Lucia werd elk jaar minder aantrekkelijk. Haar gezicht leek bleker, haar haardracht strenger. En haar houding holde net zo hard mee achteruit.

Ze was nooit iemand geweest die makkelijk geheimen deelde, maar nu leek ze bijna gesloten. Cathy, weekhartig en loyaal, maakte zich zorgen over Lucia. "Ik snap niet wat er met haar aan de hand is. Ze gedraagt zich haast alsof we haar vrienden niet zijn!"

"Grappig hoe we veranderen," mijmerde Julie. "Nog maar kort geleden waren we allemaal nog zo anders."

"Jij bent geen spat veranderd," zei Cathy warm. "Jij bent nooit iets anders geweest dan de leeghoofdige kleine losbol die je nu bent."

"Ik ben wijs," zei Julie. "Wijs door het eeuwenoude vrouwelijk mysterie."

Ze bleven een ogenblik stil. Cathy zei met een zucht, "Het Masqué is zaterdagavond en ik moet mijn kostuum nog maken."

"Ik heb er twee te doen," zei Julie.

"Twee?…Oh, die van jou en van Joe."

Julie knikte.

"Hij heeft echt gezegd dat hij kwam?"

"Natuurlijk. Hij weet wel beter dan me niet te gehoorzamen."

"Je hebt het goed te pakken," zei Cathy, "je bent al kleren voor hem aan het naaien." Ze leunde achterover en sloot haar ogen. "Ik blijf eigenlijk net zo lief thuis. Ik weet nu al dat ik er niets aan ga vinden."

"Natuurlijk wel. Denk eens aan al die romantische mannen die je gaat ontmoeten. 'Mag ik deze dans van u, *mademoiselle*?' En dan nemen ze je mee en draaien ze ademloos rondjes met je over de vloer —"

"— en aan het eind blijken ze allemaal Carr te zijn."

"Waarom maak je het niet eens een keer definitief uit met hem?"

Cathy haalde haar schouders op. Ze had hier al wel honderd keer over nagedacht. Ze kon altijd op Carr vertrouwen. Als ze niets beters vond, zou ze uiteindelijk misschien zelfs met hem trouwen... Hij zag er niet slecht uit — een iets te weke kaaklijn misschien, maar niemand was perfect. De Pendry's hadden veel geld... Als Carr maar niet zo verwend was, zo'n zeurpiet als hij z'n zin niet kreeg.

Ze hadden het over hun kostuums voor het Mountainview Masqué. Het zou gehouden worden op het terrein van de nieuwe countryclub, het eerste van een jaarlijkse serie van gekostumeerde bals. Dit jaar was het thema Black & White Fantasia. De kostuums moesten volledig zwart-wit zijn en mochten niets anders dan pure fantasie voorstellen.

Julie was voor zichzelf een nauwsluitende overall aan het maken, zwart van voren en wit van achter. Haar donkerblonde krullen zaten onder een strakke capuchon die naar voren toe in een punt uitliep. Het was een absoluut gewaagd kostuum.

"Ik heb nog nooit iemand zo bijna naakt gezien terwijl ze volledig gekleed was," zei Cathy.

"Oh, kom op," zei Julie. "Zo erg is het niet."

"Het is schandelijk. Je ziet eruit als een jonge kabouter uit de hel, een sexy kleine kabouter."

"Dat is precies wat ik ben."

"Julie!" zei Cathy.

Cathy's kostuum zag er bijna oud-Egyptisch uit: een mouwloze zwart-wit gestreepte tuniek met een riem om haar middel en een lange split aan beide zijden van de rok. Als ze liep, bleef er weinig van haar slanke olijfkleurige benen verborgen.

"Als er een prijs voor het meest uitdagende kostuum zou zijn," zei Julie, "dan denk ik niet dat het jouwe geen kans zou maken."

"Oh nonsens. Iedereen weet dat ik benen heb."

Lucia kwam binnen. Ze had haar kostuum meegenomen om te showen. Het was Spaans — een stijve platte matadorhoed, een kort zwart jasje, een witte bloes, een zwarte korte broek, kousen en zwarte schoenen met gespen. Ze zag er lomp en stijf in uit.

Om vier uur kwam Carr langs, die weigerde ook maar iets te vertellen over zijn kostuum. Hij had de dag doorgebracht met netwerken in het Republikeinse Hoofdkwartier in Paytonville. Pelton Pendry had er in de *Herald-Republican* al op gezinspeeld dat er jong bloed nodig was in Sacramento; dat Californië en de natie positief leiderschap en dynamisch denken nodig hadden.

Carr onthulde dat hij, om zich voor te bereiden op de toekomst, erover dacht om een master in economie of rechten te gaan behalen op Cal.

"Als een ambtenaar?" vroeg Julie gekscherend.

Carr grijnslachte. "Dat soort schijnheilig gepraat moet eens ophouden. Een politicus moet leiden! Hij kan zich niet druk maken over populariteit! Dat is nu precies de reden dat we opgescheept zitten met die ellendige nieuwe, eerlijke, slechte regelingen! Politici kopen populariteit met lastenverlagingen, werkzekerheid en zorgverzekeringen —"

"Kom op, Carr," zei Lucia. "Je zit allemaal open deuren in te trappen."

"Ik vind dat we alles eerlijk zouden moeten verdelen en weer helemaal opnieuw zouden moeten beginnen," zei Julie met een stalen gezicht. Carr haalde diep adem en leunde voorover in zijn stoel. Julie barstte in lachen uit. "Carr, je bent een schat, maar je bent ook zo'n makkelijk slachtoffer."

Carr leunde achterover, niet zeker wat hij ervan moest vinden.

Om halfvijf kondigde Lucia aan dat ze wegging en Carr bood aan haar naar huis te brengen. Lucia accepteerde het aanbod en zij en Carr vertrokken.

"Weet je wat?" zei Julie. "Ik geloof dat Lucia een oogje op Carr heeft."

Cathy keek geschrokken. "Ze heeft er nog nooit iets van laten merken."

"Misschien is het ons gewoon niet opgevallen."

"Op de een of andere manier," zei Cathy, "kan ik me het gewoon niet voorstellen."

"Je bent jaloers," zei Julie. "Je bent er zo aan gewend om Carr om je heen te hebben dat je al denkt dat hij van jou is."

"Nee, nee," protesteerde Cathy.

"Straks trouw je nog met hem, wedden?"

Cathy schudde haar hoofd. "Nee. Maar hij denkt van wel en dat maakt het zo vervelend." Ze bloosde. "Hij vindt zichzelf een heel moderne jongeman en wil steeds — nu ja, allerlei dingen... Ik denk dat ik niet modern ben."

"Misschien is Lucia wel modern," zei Julie.

Cathy lachte.

Hoofdstuk X

Het Mountainview Masqué! Het was een prachtige warme avond; de wind rook naar hooi en droog geurend onkruid, en ritselde door de eiken.

Vlak bij de plek voor het nieuwe clubhuis was een wit canvas paviljoen opgericht, ondersteund door met zwart, rood en wit lint omwikkelde palen. Kraampjes links en rechts waren ingericht als barretjes en in het midden van het paviljoen stond een rond podium voor het orkest, zoals het pijporgel van een draaimolen.

Kaarsen waren de enige bron van verlichting: zwarte en witte kaarsen in kandelaars gemaakt van kunstig samengebonden clusters lege wijnflessen.

Darrell en Margaret Hovard verschenen om acht uur met mevrouw Hutson, die voorzitter was van de Sociale Commissie. Om halfnegen arriveerden Julie en Joe in Joe's Plymouth en om negen uur kwamen de leden en hun gasten.

Om halftien was het druk in het paviljoen; het orkest, uitgedost in zwart met witte harlekijnskostuums, stemde zijn instrumenten en begon dansmuziek te spelen.

Julie zei tegen Joe, "Een van je grootste tekortkomingen is dat je niet echt een goede danser bent."

"Dat geef ik toe," zei Joe. Hij droeg zwarte beenwindsels, zwarte laarzen, een witte tuniek met zwarte koorden en grote zwarte epauletten, en een witte militaire pet. Julie noemde het een uniform voor een ruimte-admiraal.

"Oh, zo slecht ben je ook weer niet…Daar is Cathy!" riep Julie.

"Waar?"

"Daar, ze danst met die man in die zwarte cape."

"Bijna iedereen hier draagt een zwarte cape."

"We hebben niet zo veel fantasie in San Giorgio. Wat dragen ze in Boston?"

"Al sla je me dood."

Julie bestudeerde Cathy's danspartner. "Ik geloof niet dat het Carr is... Hij is langer dan Carr."

"Carr staat ginds bij de bar. In een piratenkostuum, met die zwarte baard."

"Is dat niet gek?" zei Julie. "Ik vraag me af wat hem bezield heeft om als piraat te komen."

"Kostuums zijn symbolisch — je kleedt je als iets wat je zou willen zijn."

"En wat zegt dat over mij? Zwart van voren en wit van achter."

"Dat is je karakter — onschuld achter een schild van kwaad en ondeugd."

"Wat een grap!"

"Laten we naar de bar gaan," zei Joe. "Gaat je vader nog een grotere hekel aan me krijgen als ik iets te drinken voor je haal?"

"Haal maar cola-tic; dan kan ik net doen alsof het gewone cola is. Als iemand er überhaupt al naar vraagt."

Ze vonden een paar stoelen en Joe haalde drankjes in kartonnen bekertjes. Cathy kwam naar hen toe met de man met de zwarte cape. Hij zei, "Dank je wel Cathy," en liep weg.

Een zwartgebaarde piraat, die fronsend Zwarte Cape nakeek, kwam bij hen staan. "Wie was dat?"

"Geen idee. Ik heb hem weleens eerder gezien."

"Volgens mij is het Murray Jones," zei Julie. "Hij loopt in ieder geval als Murray."

Carr knipte met zijn vingers en Cathy stond op. Carr sloeg zijn arm om haar heen en zwaaide haar sierlijk de dansvloer op.

"Arme Cathy," zuchtte Julie.

"Ze hoeft alleen maar nee te zeggen."

"Dat is niet makkelijk voor iemand als Cathy." Een man in een enorme zwarte pantalon en een uitpuilend wit shirt vroeg Julie ten dans; ze dronk haar drankje op en stond op.

De avond vorderde. Fotografen van de *Herald-Republican* liepen rond, richtten hun glazen ogen en ontlaadden witte lichtflitsen waarmee ze Black & White Fantasia vastlegden voor de zondagse societypagina.

Julie danste met wel twintig mannen; ze had het enorm naar haar zin. Joe danste met Lucia en bleef daarna met haar opgescheept zitten. De barkeepers werkten onophoudelijk door. Rond middernacht was het Masqué een eigen leven gaan leiden; het was een overduidelijk succes.

Maskers af was gepland om twee. Om één uur zocht Cathy Julie op. Een Kozak kocht net een drankje voor Julie en maakte aanstalten om haar te kussen. Julie was lichtelijk aangeschoten.

"Carr brengt me naar huis," zei Cathy.

"Naar huis? Waarom? Het feest is amper begonnen!"

"Hij heeft hoofdpijn."

"Hm." Carr was jaloers.

Cathy glimlachte flauwtjes. "Ik weet het. Maar het maakt niet uit. Ik bel je morgen en dan praat ik je bij. Goeienacht Julie." Ze glipte weg. De Kozak ging verder waar hij gebleven was. Julie keek of ze Joe zag; hij was nergens te bekennen, maar waarschijnlijk was hij met Lucia in de andere bar aan de overkant van het paviljoen.

De Kozak gaf haar een nieuw glas drinken. Verbaasd merkte ze dat ze haar vorige drankje al op had.

De tijd ging voorbij. De Kozak kuste haar. Ze hield opeens weer een cola-tic in haar handen. Resoluut zette ze de beker aan de kant. "Je voert me dronken!" zei ze tegen de Kozak.

"Het is een goede investering, schoonheid."

Er viel een plotse stilte; daarna rumoer en brullende stemmen, gehaaste voetstappen. Julie strekte haar nek om te zien wat er gebeurde. Een zwarte piraat liep de cirkel van kaarslicht binnen. Hij wankelde de dansvloer op. Mannen en vrouwen in zwart en wit maakten ruimte. Carr was bebloed, zijn ogen dof en betraand. Zijn masker hing om zijn nek.

Ralph McDermott trok zijn eigen hoofdbedekking af en repte zich naar hem toe. "Carr! Wat is er gebeurd?"

Carr mompelde twee of drie woorden. Ralph McDermott stond er ineens stokstijf bij. Toen draaide hij zich om en staarde door het donker in de richting waaruit Carr was komen aanlopen.

※

Op slag was het Masqué getransformeerd in een groep mannen en vrouwen in gekke kostuums met geschrokken gezichten.

Het orkest verdween. De mensen stonden bij elkaar, pratend met onzekere stemmen, waarna ze druppelsgewijs in groepjes van vijf of zes naar hun auto's afdropen.

Dokter Federico, Ralph McDermott en William Biers, de officier van justitie, liepen in de richting die Carr had aangewezen.

Na een halve mijl troffen ze de Chrysler sedan aan op een zandweg die naar de rand van het terrein van de countryclub liep. Biers ondersteunde Ralph McDermott — ze lieten hem niet in de auto kijken — terwijl dokter Federico de boel inspecteerde. Eén blik op de achterbank volstond.

Hij draaide zich langzaam om. "Er is hier niets meer dat we kunnen doen." Hij keek naar McDermott. "Je kunt beter naar huis gaan, Ralph."

Biers zei, "Kom maar mee, Ralph," en leidde hem weg.

Sheriff Clyde Hartmann arriveerde met zijn assistenten, waarna het afschuwelijke werk begon. De sheriff ging terug naar San Giorgio om Carrs verklaring op te nemen.

De wond op Carrs hoofd was schoongemaakt en verbonden. Dokter Harvey was aan het afronden en gaf Hartmann toestemming om een paar vragen te stellen. "Probeer hem niet te lang op te houden; hij heeft net een verschrikkelijke schok gekregen."

Hartmann knikte. Hij was een lange, slanke man met grijs haar en een knap gezicht met diepe lijnen.

Hij zei, "Het spijt me dat ik u lastig moet vallen, meneer Pendry."

Carr probeerde rechtop te gaan zitten, gaf het op en ging achteroverliggen. Hij zag er bleek en afgetrokken uit; zijn ogen waren net zwarte druiven in twee schoteltjes melk.

"Wat is er zojuist gebeurd, meneer Pendry?"

"Er zat iemand achterin…"

"Dit was toen u het feest verliet?"

"Dat klopt…Cathy en ik zijn — eh…verloofd. Ik wilde even samen met haar alleen in de auto zitten. Ik reed de zandweg op. Ze voelde zich niet lekker; ze wilde naar huis." Carrs woorden kwamen er in horten en stoten uit. "Ik begon de weg op te rijden. Ik keek in de achteruitkijk-spiegel en zag — een donkere figuur op de achterbank. Hij moet op de vloer gelegen hebben toen we instapten." Carr stokte en sloot zijn ogen. Hartmann wachtte.

Carr sprak, met de ogen nog steeds gesloten, het hoofd op het kussen. "Ik was bang…"

"Natuurlijk," zei Hartmann.

"Ik heb ongeveer honderd meter gereden; daarna stopte ik de auto en draaide me om naar de achterbank. Cathy draaide zich ook om; ik geloof dat ze begon te gillen…Het was een man met een donkere hoed en een donkere mantel. Hij droeg een masker."

"Hebt u hem herkend?"

Carrs ogen gingen open, dwaalden over het plafond. "Het gebeurde allemaal zo snel — als een nachtmerrie."

"Vertelt u het maar zoals u het zich herinnert."

"Hij sloeg me…Ik denk, twee keer. Maar misschien ook maar één keer. Ik kan het me niet herinneren." Hij zweeg een volle vijftien seconden. "Ik kan me ook niet herinneren dat ik wakker werd. Behalve dan dat ik voorin op de vloer lag en dat het erg stil was. Ik ging zitten en keek achterin. Ik zag Cathy…En ik geloof dat ik toen een beetje gek werd."

Hartmann knikte. Er viel een stilte.

Carr vroeg met een zwak stemmetje, "Is ze aangerand?"

Hartmann knikte nogmaals. "Daar lijkt het wel op, aan de toestand van haar kleren te zien."

Carr zei hees, "Hoe is ze gestorven?"

"Gewurgd," zei Hartmann. "Daarna heeft hij haar gezicht onder handen genomen." Hij raadpleegde zijn notities. "Was de auto afgesloten toen jullie erin stapten?"

"Nee."

"Hebt u de indruk dat de man een kostuum droeg? Of gewone kleren?"

Carr schudde zijn hoofd. "Ik geloof niet dat het een kostuum was. Dat kan ook niet."

"Waarom niet?"

"Ik ken iedereen die op het feest was."

"Dus u hebt genoeg gezien om zeker te weten dat het geen bekende was?"

"Nee," zei Carr. "Ik weet wie het gedaan heeft."

Hartmann zei met droge stem, "Dat weet u? Wie?"

"Dezelfde man die mijn zus vermoord heeft," zei Carr met gebroken stem. "En haar verminkte. Robert Struve."

"Robert Struve." Hartmann keek hem bedachtzaam aan. "De naam komt me bekend voor."

"De jongen met het gezicht vol littekens. Een klas lager dan ik op de middelbare school. Zo'n vijf jaar geleden kwam hij in de problemen — probeerde Julie Hovard aan te randen."

"Ik herinner het me. Bij het oude huis van de Martins. We hebben hem naar Las Lomas gestuurd. Hoe komt u erbij dat het Struve was?"

"Hij heeft mijn zus vermoord," zei Carr zwakjes.

Hartmann was verbaasd. "Hebben ze daar niet haar man voor veroordeeld?"

"Die heeft het niet gedaan."

Hartmann stond op. "Wel, ik zal het onderzoeken."

Joe Treddick belde Julie zondag rond twee uur op.

"Oh Joe," riep Julie, "Ik hoopte al dat je zou bellen. Kun je komen? Ik moet met iemand praten."

"Ik kom eraan."

Ze wachtte hem op bij de voordeurtrap. "Kom maar achterom," zei ze. "Ik wilde niet dat je aan zou bellen."

Ze nam hem mee naar het terras. "Moeder en vader zijn zo ongeveer doorgedraaid. Cathy was bijna familie..." Ze nam zijn hand en hield die stevig vast. "Joe, als ik eraan denk — dan wil ik gillen — mijn ogen zo stevig mogelijk dichtdoen en gillen en gillen en gillen!"

"Ik weet hoe je je voelt."

"Ik heb je gemist gisteravond — maar in de verwarring —"

Joe haalde zijn schouders op. "Lucia was dronken en ik heb haar naar huis gebracht. Ik kwam net terug toen alle opwinding begon."

Ze rustte haar hoofd op zijn schouder. "Oh, Joe lieverd, ik zou willen... Hoe kan iemand zo verschrikkelijk zijn?"

"Daar komt Carr aan," zei Joe.

Carr wandelde door de tuin van de Pendry's en liep langzaam op hen toe.

"Tjemig," zei Julie, "hij ziet eruit als een wrak!"

Carrs hoofd was in een tulband van wit verband verpakt en zijn gezicht vertoonde al niet veel meer kleur. Hij zeeg neer in een stoel. "Ik ben bij de sheriff geweest," zei hij op vlakke toon.

"Hebben ze al een idee? Aanwijzingen?"

"Ze hebben een bebloede mantel gevonden in de struiken."

"Carr," zei Julie, "zeg dat woord niet. Bloed. Ik word ziek."

Carr knikte grimmig, alsof hij het niet gehoord had. "Ik herinner me nu meer van wat er gebeurd is. Weten jullie wat voor dag het is?"

"De achtentwintigste."

"Over negen dagen gaat George Bavonette naar de gaskamer."

"Wat heeft dat met Cathy te maken?"

"Hij wordt geëxecuteerd voor een misdaad die hij niet heeft begaan. Struve heeft Dean vermoord en verminkt; Struve heeft Cathy vermoord en verminkt."

"Maar hoe dan, Carr?" riep Julie. "Hoe kun je dat zo zeker weten?"

"Hij sloeg me neer en ik verloor het bewustzijn…Weet je hoe het is als je stemmen hoort in je slaap? Als je er net niet op kunt focussen?"

"Ja."

"Ik was verdoofd. Nog net niet bewusteloos. Ik heb die man horen praten. Hij zei, 'Weet je wie ik ben?' Cathy zei iets als 'Laat los'. Of 'Ga weg'. Hij zei, 'Je weet niet meer wie ik ben hè? Ik ben Struve. Ik ben Robert Struve.'

"Ze begon te huilen en te gillen. Ik probeerde me overeind te worstelen. Toen sloeg hij me weer. Ik weet zeker dat hij me twee keer heeft neergeslagen."

"Heb je dit aan de sheriff verteld?" vroeg Joe.

"Ik kom er net vandaan." Carr voelde voorzichtig aan het verband. "Ik heb mazzel dat ik geen schedelbasisfractuur heb."

"Waar heeft hij je mee geslagen?" vroeg Joe.

"Dat weet ik niet," zei Carr. Sarcastisch voegde hij eraan toe, "Hij had niet het fatsoen om me dat te laten zien."

"Heeft de sheriff nog iets gezegd over die mantel? Van wie die was?"

"Hij zei dat hij er achteraan zou gaan. Die moet door iemand zijn meegenomen naar het Masqué."

Julie's handen bewogen nerveus in haar schoot. "Hij moet dus op het Masqué geweest zijn."

Carr haalde zijn schouders op. "Iedereen kon ernaartoe. Er was geen enkele controle. Tot twee uur natuurlijk. Hij had enkel een kostuum nodig."

"Het is bizar," zei Julie. "Ik krijg er de kriebels van..."

"Je moet de kranten eens zien," zei Carr. Hij stond op. "Ik ga de officier van justitie in San Francisco bellen. Ik vind dat hij de executie van Bavonette moet uitstellen." Hij liep langzaam weg over het terras en verdween tussen de bomen.

Julie ging rechtop in haar stoel zitten en stak haar kin vooruit. "Ik ga stoppen met piekeren. Ik zal er gewoon aan moeten wennen." Er liepen tranen over haar wang. "Carr heeft Robert Struve altijd gehaat."

"Waarom?"

"Oh, gewoon een van die middelbare school-dingen. Robert had een vreselijk litteken op zijn gezicht. De hele onderkant van zijn gezicht was een verschrikkelijke puinhoop..." Ze aarzelde. "Ik kan je geloof ik net zo goed het hele verhaal vertellen. Toen ik nog heel jong was mocht ik van m'n vader de auto sturen. Op de een of andere manier — ik weet niet wiens schuld het was — raakte de auto hem. Hij reed op een scooter. Die vloog in brand, waardoor hij verschrikkelijk verbrand werd. Ik denk dat hij mij daarvoor verantwoordelijkheid houdt." Haar gedachten gingen een aantal jaren terug. "Later, toen hij al in de laatste klassen van de middelbare school zat — ik zat zelf in de brugklas — haalde een aantal meiden een gemene streek uit met Robert, bij een inwijding van de meisjesstudentenclub. Ze stuurden mij en Dean Pendry en Cathy en Lucia naar binnen om Robert te kussen. Dat was deel van de inwijding. Hij heeft vast lucht gekregen van wat er aan de hand was. Ik neem aan dat hem dat gekwetst heeft... Nou," zei ze blozend, "toen ik naar binnen ging, greep hij me. De andere kinderen hoorden me niet schreeuwen... Op dat moment deed ook net Sheriff Hartmann een inval." Ze schikte haar rok over haar knieën. "In ieder geval, ze pakten hem op en legden hem aanranding en geweldpleging ten laste en stuurden hem naar een tuchtschool... En daarna hebben we nooit meer iets van hem gehoord." Terloops voegde ze er nog aan toe, "Zijn moeder overleed terwijl hij op die tuchtschool zat."

Ze zaten stil bij elkaar. Opeens sloeg Julie met haar vuisten op haar knieën. "Ik wou dat ik een miljoen mijl weg was..."

Carr kwam langs het zwembad teruglopen, zijn gezicht verhit en boos. Hij ging zitten. "Ze denken dat ik gek ben."

Het dienstmeisje kwam het huis uit. "Juffrouw Julie, Sheriff Hartmann wil met u spreken."

"Oh…Kun je hem hiernaartoe brengen, alsjeblief?"

Hartmann kwam aangeslenterd. Hij zag er eerder uit als een succesvolle aandelenverkoper dan als een sheriff. "Hallo, Julie…Carr…"

"Sheriff Hartmann — Joe Treddick," zei Julie.

Carr barstte uit, "Ik heb net Maynard in San Francisco gebeld. De officier van justitie. Hij vertelde me beleefd dat ik me met m'n eigen zaken moest bemoeien."

Hartmann knikte. "Hij kan een executie niet uitstellen alleen omdat er elders een soortgelijk misdrijf is gepleegd. Bavonette is schuldig bevonden door de jury en ter dood veroordeeld. Er is geen nieuw bewijs naar boven gekomen dat verband houdt met die zaak."

Ineens kwam Carr tot bedaren. "Ik heb gedaan wat ik kon. Als ze hem doodmaken, zijn zij er ook verantwoordelijk voor."

De sheriff haalde zijn schouders op. "Wel, ik ben bang dat het ook buiten mijn bevoegdheid valt." Hij keek naar Julie. "Ik zou graag een paar vragen willen stellen."

"Natuurlijk."

"Had Cathy de laatste tijd nog nieuwe vriendjes?"

"Niets serieus…Ze ontmoette telkens nieuwe mannen, maar geen van hen betekende echt iets voor haar."

"Gaf iemand haar speciale aandacht? Abnormale attenties?"

"Nee," zei Julie. "Ik weet zeker van niet."

"En op het feestje? Danste ze met vreemden, maakte ze nieuwe afspraakjes?"

"Natuurlijk niet!" beet Carr.

De sheriff stond op. "Kun je ook maar iets bedenken dat de zaak zou kunnen ophelderen? Wie van jullie dan ook?"

Julie schudde haar hoofd.

"Sorry," zei Joe Treddick.

"Wel," zei Hartmann, "mocht het wel zo zijn, laat het me dan weten."

Hij vertrok waardig. Carr mompelde gepassioneerd, "Dat krijg je ervan als je een playboy als sheriff kiest... Als je het mij vraagt zou ik — ik..."

"Je verkiesbaar stellen als sheriff?" vroeg Joe.

Carr keek hem met een woeste blik aan. "Dit is niet het moment om grappen te maken."

Lucia kwam het huis uit. "Ik dacht al dat ik jullie hier zou vinden."

Ze droeg een eenvoudige groene katoenen jurk en haar donkere haar hing los. Haar gezicht was schoon en fris, alsof ze het net met koud water had gewassen.

Julie zei, "Lucia, het is een zonde om er zo knap uit te zien in deze tijden."

Lucia ging in een van de witte smeedijzeren stoelen zitten. Er was een gloed in haar ogen en haar wangen waren rood.

"Dank je wel dat je me hebt thuisgebracht," zei ze tegen Joe. "Ik weet niet wat me bezielde."

"Sommigen noemen dat alcohol," zei Carr zuur.

Lucia giechelde. Julie keek haar nieuwsgierig aan.

"Normaal gesproken drink ik niet zo veel. Het was vast nog erg vroeg."

"Rond enen," zei Joe.

Lucia keek hen beurtelings aan. "Is er nog nieuws?"

Julie haalde haar schouders op. "Carr zegt dat het Robert Struve was die hem geslagen heeft."

"Robert Struve!" Lucia was verwonderd. Ze draaide zich om in haar stoel en nam Carr van top tot teen op. "Carr is geobsedeerd door Robert Struve."

Carr keek weg, zijn repliek inslikkend.

Lucia zei, "Waarom zou Robert Struve al die moeite doen? Waarom zou hij het op Cathy hebben voorzien?"

"Het is een maniak," zei Carr. "Maar ze krijgen hem wel..."

"De enige keer dat Cathy ook maar iets met hem te maken had," mijmerde Julie, "was bij die vreselijke Tri-Gamma inwijding."

Lucia's ogen werden groot en daarna klein. Ze likte haar lippen af. "Daar was ik ook — en jij ook, Julie. En Dean."

"Dean is dood," zei Carr kortaf. "En Cathy ook... Jullie kunnen beter nergens meer alleen naartoe gaan."

Julie zei nerveus, "Oh, Carr, dat is belachelijk."

"Ja," zei Carr sardonisch. "Dat is het, nietwaar?"

Joe stond op. "Ik geloof dat ik er maar weer eens vandoor ga."

Julie liep met hem mee naar zijn auto.

"Ik snap niet wat ze in die vent ziet," zei Carr. "Hij heeft geen hersens, geen geld, geen familie en ziet er niet uit."

Lucia nam hem schattend op. "Meisjes zijn raar."

"Zeg mij wat," mompelde Carr.

HOOFDSTUK XI

OP DINSDAGMORGEN, de dag van Cathy's begrafenis, ontving Julie een anonieme brief in een vierkante witte envelop. Ze maakte hem open en haalde er een stukje wit karton uit, dat op maat geknipt leek om in de envelop te passen.

Ze ging aan haar bureau zitten en bestudeerde de envelop. Het adres was erop gestempeld in paarse inkt, met rubberletters die in elke kantoorboekhandel verkrijgbaar waren.

Langzaam las ze de netjes in het paars gestempelde woorden:

ALS JIJ EENS WIST WAT IK WEET.
WAT EEN GRAP.

Julie stond perplex en was meer dan een beetje bang.

Wie had deze brief geschreven?

Achter welk van de haar bekende gezichten ging deze verwrongen geest schuil?

Wat werd ermee bedoeld? 'Als jij eens wist wat ik weet.' Er was iets aan de hand dat zij zou moeten weten. Degene die de brief schreef wist het maar wilde het haar niet vertellen. Diegene moest wel een verschrikkelijke hekel aan haar hebben!

Julie huiverde. Nog nooit in haar verwende jonge leventje had ze er bij nagedacht dat iemand serieus een hekel aan haar had.

Maar hier was het bewijs. Iemand verafschuwde haar.

Wat zou ze doen! De brief aan haar vader tonen? Nee. Hij zou de brief afnemen en haar gerust proberen te stellen met goedmoedige algemeenheden. Dat was niet wat Julie wilde. De brief was verontrustend, maar op een of andere manier ook opwindend. Ze wilde weten wie hem had geschreven; die persoon observeren; het kolken onder de oppervlakte van vriendschap ontdekken. Julie rilde door een nieuwe vreemde verrukking.

Ze lag op bed en keek naar de brief. Nu zou ze nooit meer dezelfde onbekommerde Julie Hovard zijn. Er schoot haar een zin te binnen uit het verleden: 'leeghoofdige kleine losbol'. Cathy had dat gezegd.

Cathy... Kon Cathy maar terugkomen, kon ze maar vertellen wat er gebeurd was.

Julie sprong op, ging naar beneden en belde Lucia.

"Met Julie, Lucia."

"Je klinkt aardig somber."

"Ben ik ook... Heb je zin om ergens naartoe te gaan?"

"Ik heb andere dingen aan mijn hoofd," zei Lucia. "Zoals die anonieme brief die vanmorgen kwam."

"Jij hebt er ook een? Ik ook! Wat stond er in de jouwe?"

Lucia aarzelde. "Ben je straks thuis?"

"Ja."

"Ik kom wel even langs."

Julie hing op; terwijl ze zich omdraaide ging de telefoon.

"Julie? Carr."

"Hallo, Carr."

"Eh — hoe gaat het met je?"

"Oké. En met jou?"

"Oh — zoals gewoonlijk. Eén meter tachtig pure spierkracht."

"Inclusief je schedel."

"Dat is niet echt aardig." Carr klonk schalks; Julie vroeg zich af wat hij van plan was. Flirten? Vandaag was Cathy's begrafenis. Ze concludeerde dat ze hem onrecht aandeed.

"Carr — er is iets dat me zorgen baart."

"Wat?"

"Ik heb een anonieme brief gekregen."

Carr klonk verbaasd — en, vreemd genoeg, opgelucht. "Echt waar? Ik ook!"

"En Lucia ook... Wat staat er in de jouwe?"

"Oh, wel." Carr klonk vaag en ver weg, alsof hij bij de telefoon was weggelopen. "Het is een soort dreigbrief."

"Wel, wat staat er dan?"

Er was een korte stilte, papier ritselde — "'Ik hou twee levens non-chalant in mijn handen.'"

"Tjemig."

"Wat zegt de jouwe?"

"'Als jij eens wist wat ik weet. Wat een grap.'"

Carr bleef stil; het enige geluid was het brommen van de lijn.

"Carr?" zei Julie. "Wie zou er nu zoiets schrijven...Carr?"

"Ik weet het niet..." Een moment later zei hij opgewekt: "Ik kom langs en neem je mee naar de begrafenis."

"Joe komt me al halen."

"Oh. Nu ja, dan zie ik je daar."

Toen Lucia arriveerde nam Julie haar meteen mee naar haar kamer. "Ik heb niets tegen mijn ouders gezegd hierover...Dan maken ze zich alleen maar druk."

"Ik ook niet."

"Carr heeft er ook een gekregen."

"Echt waar? Heeft hij je gezegd wat erin stond?"

"'Ik hou twee levens in mijn handen.'"

Lucia ging zitten. "En wat stond er in de jouwe?"

Julie gooide de brief naar haar toe. Lucia las hem. Haar gezicht vertrok. Ze gaf hem terug.

"Laat de jouwe eens zien," zei Julie.

Lucia boog zich langzaam over haar handtas. "Hij is onaangenaam — Hij is niet als de jouwe. Hij is obsceen."

"Oh, kom op, Lucia. Laat zien dat gekke ding."

Lucia gaf haar de brief.

Julie kneep haar lippen op elkaar. "Hij *is* akelig..."

Lucia keek uit het raam. "Er loopt een maniak rond."

Julie snoof. "Dat is geen nieuws." Ze taxeerde Lucia's kleding: een zwarte middagjurk en een zwarte hoed. "Is dat wat je aanhebt voor de begrafenis?"

Lucia knikte.

"Ik heb helemaal niets in het zwart — behalve mijn avondjurk. Het is een vod, maar een begrafenis is toch geen sociale happening." Ze keek naar de klok. "Tjemig — Ik moet maar eens gaan beginnen. Wil je wachten, Lucia? Dan kunnen we samen gaan. Joe komt ook zo."

"Prima."

Een uur later belde Joe aan. Julie deed de deur open.

"Kom binnen, Joe. Moeder vindt dat we beter allemaal samen kunnen gaan."

Joe aarzelde. "Misschien kan ik beter alvast gaan."

Julie nam zijn arm. "Oh, nonsens. Kom binnen." Ze ging hem voor naar de woonkamer waar Lucia zat te wachten.

"Kijk eens wat ik vanmorgen kreeg," zei Julie. Ze overhandigde hem de brief.

Joe las hem zonder commentaar.

"Ben je niet verbaasd?" vroeg Julie.

"Nee. Ik heb er ook een gekregen."

"Echt waar! Wat stond erin? Heb je hem bij je?"

"Nee. Ik heb hem weggegooid."

"Wel, wat stond erin? Hou ons niet in spanning."

Joe grinnikte pijnlijk. "Er stond dat je nooit met mij zou trouwen. Nooit, nooit, nooit."

Julie was verontwaardigd. "Dat is vreselijk!"

Margaret Hovard kwam de trap af; Darrell Hovard had de Cadillac al voorgereden en samen reden ze naar de begrafenis.

Joe bleef voor het avondeten; na afloop gingen ze naar buiten het terras op.

Ze zaten op een schommelbank, rustig heen en weer wiegend.

"Joe," zei Julie, "wat vind jij nu van dit hele gedoe?"

"Bedoel je — Cathy? En de brieven?"

"Ja."

Joe nam de tijd voor zijn antwoord. "Ik weet eigenlijk nog niet wat ik denk."

Julie fronste haar wenkbrauwen. "Die hele Robert Struve invalshoek is zo verwarrend. Ik kan me nog voorstellen dat hij Cathy vermoord heeft — maar waarom zou hij anonieme brieven versturen?"

Joe grijnsde. "Degene die de brieven heeft gestuurd heeft niet de moorden gepleegd."

"Waarom zeg je dat?"

"Ik weet bijna zeker wie de brieven heeft gestuurd."

"Wie dan?"

"Lucia."

Julie keek hem verbaasd aan. "Lucia? Maar Joe — waarom zou Lucia dat soort brieven schrijven? En dan die vreselijke die ze zelf gekregen heeft!"

"Wat stond erin?"

Julie bloosde. "Het was — wel, het was niet fraai. Er stond in dat — nu ja, dat ze een goede prostituee zou zijn."

Joe knikte. "Lucia is een gefrustreerde oude vrijster."

"Maar Joe — ze is pas twintig!"

"Sommige meisjes zijn al oude vrijsters op hun zesde."

"Denk je dat ze iets weet — over Cathy? Hoe laat heb je haar naar huis gebracht?"

"Rond halfeen. Ik was net op tijd terug om Carr het paviljoen in te zien wankelen. En ik ben een uur bij haar geweest voor ik haar naar huis bracht."

"Dan kan ze niets hebben geweten over Cathy. Je hebt het helemaal mis Joe. Die brieven zijn geschreven door iemand anders. Waarom Robert Struve niet?"

"Alles kan." Joe stond op. "Ik kan er beter vandoor gaan, anders komt je vader nog met een paardenzweep achter me aan."

Julie wenste hem welterusten op de veranda en keek de rode achterlichten na tot ze om de hoek verdwenen. Ze draaide zich om om naar binnen te gaan, bleef staan, en liep toen lusteloos naar de voortuin. Het was een heldere donkere nacht; de sterren schitterden zacht, puur, ver weg, emotieloos...Wat zou er daarboven zijn tussen al die verre sterren? Als de zielen van de doden voortleefden, misschien dwaalden ze dan wel daarbuiten, tussen de sterren...Haar huid tintelde terwijl ze aan Cathy dacht. Arme, eenzame Cathy, ronddolend in die verre donkere plaatsen...

Net op het moment dat ze naar binnen wilde gaan, kwam er een paar koplampen de oprit op. Julie herkende de Jaguar. Ze zuchtte; Carr was wel de laatste met wie ze wilde praten. Maar ze kon hem niet ontlopen.

"McDermott heeft een detective in de arm genomen," vertelde hij Julie. "Ik kom net bij hem vandaan."

"Dat is — dat is erg interessant," zei Julie zwakjes.

Carr knikte grimmig. "Maar hij mag wel opschieten. Vandaag is het de dertigste. Op zeven juli executeren ze Bavonette."

"Maar Carr —"

Carr onderbrak haar met harde stem: "Niet dat ik ook maar ene snars om die Bavonette geef. Ik wil gewoon niet dat hij voor Struve's pleziertjes moet boeten." Hij klopte Julie op haar schouder. "Zo, mijn beste meid, Cathy is er niet meer; zo te zien zijn jij en ik de enigen die overgebleven zijn van de oude kliek."

"Ik ga naar binnen, Carr," zei Julie.

"Oh? Heb je geen zin om mee te gaan voor een ritje? De frisse wind de dampen laten wegblazen?"

"Nee, Carr."

"Zoals je wilt…Welterusten."

Hoofdstuk XII

Julie zat aan haar bureau en keek naar de envelop, bang om hem open te maken, bang voor wat erin zou staan.

Het adres, in paarse inkt gestempeld, staarde haar vanaf het papier aan:

MISS JULIE HOVARD
10 JAMAICA TERRACE
SAN GIORGIO, CALIFORNIË.

Julie raakte de envelop aan; was het echt Lucia? Ze opende de brief.

CATHY IS ECHT DOOD.
IK WEET WIE HAAR HET ZWIJGEN HEEFT OPGELEGD.
MISSCHIEN GEBEURT JOU DAT OOK WEL.

"Hallo Julie!" Lucia droeg een korte spijkerbroek, een rode blouse en mocassins. Haar haar hing los en ze droeg geen lippenstift; ze zag er best mooi uit.

"Julie," zei Lucia buiten adem, "kun je raden wat er vanmorgen kwam?"

"Ja," zei Julie.

Rechter Small kwam de kamer binnen, een lange strenge oude man, zo doof als een kwartel, met schrale wangen, borstelig wit haar en een strenge blik waar Julie altijd ontzag voor had gehad. Hij droeg een loszittend grijs pak, zwarte schoenen met een ronde voorkant en een zwaar gouden zakhorloge. Julie had hem nog nooit anders gekleed gezien, ochtend of avond.

"Goedemorgen rechter," riep ze beleefd.

Rechter Small knikte. "Goedemorgen." Hij schraapte raspend zijn keel. "Jij bent dat meisje van Hovard, nietwaar?"

Lucia zei, "Natuurlijk, vader — je kent Julie al jaren. Ze zit nu op de universiteit."

Rechter Small knikte schokkerig en liep naar zijn bibliotheek.

Lucia keek Julie van opzij aan. "Wat is er aan de hand?"

"Ik heb weer een brief gekregen vanmorgen."

"Ik ook. Dat wilde ik je net vertellen!"

Julie knikte. "Dat weet ik." Het zaadje der verdenking was eensklaps zekerheid geworden. In een oogwenk was Lucia veranderd in een geheel ander persoon en al haar eigenschappen die Julie zo goed kende en gerespecteerd had, zouden moeten worden herzien.

Julie kneep haar lippen tot een dunne vastberaden streep. "Laten we naar jouw kamer gaan, waar we kunnen praten." Ze liep de sombere echoënde trap op.

Lucia's slaapkamer was een grote lichte ruimte in de zuidoosthoek van het huis. Het plafond was vier meter hoog en bedekt met vergulde sierdecoraties. Zes hoge ramen met raamzitjes aan de onderkant, reikten bijna tot aan het plafond en waren behangen met zijde en appelgroene gordijnen. Het meubilair was nogal uitbundig — antiek uit een periode die Julie niet kon thuisbrengen. De kamer rook lichtelijk naar sandelhout en de onberispelijke netheid ervan irriteerde Julie na de vrolijke warboel van haar eigen kamer.

Lucia kwam aarzelend achter Julie aan, haar ogen samengeknepen en berekenend. "Vanwaar al die geheimzinnigheid?"

"In ieder geval niet vanwege die brieven," zei Julie.

Lucia zei kortaf, "Wat is er met de brieven?"

"Ik wil maar één ding weten, Lucia. Heb jij ze geschreven?"

Lucia lachte. "Wat een vraag, Julie!"

"Heb je dat? Of niet?"

"Natuurlijk niet. Denk je dat ik — Julie!" stootte ze verschrikt uit, toen Julie naar de secretaire rende en de klep omlaag trok. Netjes in een van de vakjes opgeborgen lag een stempelsetje. In een ander lagen witte kaarten. In weer een ander vierkante witte enveloppen.

Lucia klapte het bureau dicht, draaide zich om en sloeg Julie met de vlakke hand in het gezicht. Haar ogen schitterden.

Julie hoonde, "Dus jij weet wie Cathy vermoord heeft. Wie dan?"

"Dat zou je wel willen weten, hè?" hijgde Lucia.

"Ik dacht dat Joe je al vroeg naar huis had gebracht."

"Ik weet wat ik weet. En maak nu dat je wegkomt! Ik wil je nooit meer zien!"

"Zo gemakkelijk gaat dat niet, Lucia. Je hebt een aantal kwaadaardige dreigbrieven geschreven. Ik heb geen idee of dat een misdrijf is of niet — maar dat kunnen we je vader vragen."

Lucia ging op een stoel zitten, met tranen in haar ogen. Tranen van woede.

"Ik wil weten wat je ermee bedoelt," zei Julie. " 'Cathy is echt dood. Ik weet wie haar het zwijgen heeft opgelegd. Misschien gebeurt jou dat ook wel.' "

Lucia's mond vertrok. "Jij denkt toch dat je zo slim bent?"

"Wie heeft Cathy vermoord, Lucia? Als je het weet dan moet je het aan de politie vertellen... Is het iemand die we kennen?"

Lucia smaalde, "Misschien."

"Is het Robert Struve?"

"Misschien."

"Weet je het zeker of niet?"

"Ja," zei Lucia. "Dat zou ik wel zeggen."

"Hoe ben je erachter gekomen?"

"Ik heb m'n gezonde verstand gebruikt."

"En denk je dat degene die het gedaan heeft het nog een keer zou kunnen doen?"

Lucia haalde haar schouders op. "Dat weet ik niet." De twee meisjes zaten in stilte samen. Lucia staarde in de lucht alsof ze naar geheime stemmen luisterde. Ze begon te praten met een zachte monotone stem, niet tegen Julie, maar wel zodat ze het kon horen.

"Ik ben twintig. Ik heb me nog nooit door een man laten aanraken — en wat heb ik ermee bereikt? Helemaal niets. Niemand vindt me aardig of respecteert me; ze vinden me koud... Maar het kan me niets meer schelen. Ik ga doen waar ik zin in heb — en het kan me geen lor meer schelen."

"Lucia," zei Julie buiten adem, "luister. Ik ben je vriendin..."

"Jij bent mijn vriendin? Jij bent van niemand een vriendin, behalve van die kleine verwaande Julie Hovard zelf."

"Dat is niet waar!" riep Julie met tranen in haar ogen. "Denk na, Lucia! Denk eens na! Stel dat jij weet wie Cathy heeft vermoord — en stel dat degene die het gedaan heeft weet dat jij het weet! Denk dan eens na over wat er zou kunnen gebeuren!"

Lucia glimlachte wrang. "Dat heb ik geregeld. Ik heb het overduidelijk gemaakt. Hij kan beter op zijn tellen passen." Ze sprong op. "En wat jou betreft, Julie Hovard — Ik haat je! Het kan me niet schelen wat er met jou gebeurt!"

"Oké," zei Julie. "Ik weet waar ik aan toe ben. Maar — als ik wil uitzoeken wie Cathy heeft vermoord — waar moet ik beginnen?"

"Het staat in de krant. In de zondagseditie, in de societyrubriek. Recht voor je neus. Maar je gaat het niet ontdekken, nog in geen miljoen jaar. Ik zou het je kunnen laten zien en dan zou je het nog niet doorhebben."

"Oké dan," zei Julie, "laat het me maar zien dan."

"Oh, maak toch dat je wegkomt," zei Lucia. Ze wierp zich op het bed.

Julie zei besluiteloos, "Lucia — als er iets is, misschien kunnen we erover praten…"

Lucia draaide haar hoofd om en ze keken elkaar aan.

"Cathy is vermoord!" riep Julie. "Snap je het dan niet? Ze is dood!"

Lucia wendde haar hoofd af. "Ik wou dat ik erbij geweest was om het te zien."

Julie rende de deur uit, de donkere trappen af. Onderaan de trap stopte ze en keek de bibliotheek in. Rechter Small lag te slapen in een enorme zwartleren stoel.

Julie reed langzaam terug naar de stad. Ze vond een parkeerplaats en ging het stadhuis binnen, door de koele gangen naar het kantoor van de sheriff.

Sheriff Hartmann was er niet, zei de dame achter het bureau.

"Weet u wanneer hij weer terug is?"

"Zodra hij zijn weekquota illegalen binnen heeft."

"Kunt u hem vertellen dat Julie Hovard met hem wil spreken?"

"Prima, juffrouw Hovard. Ik geef het door."

Julie wilde gezelschap; iemand om mee te praten, iemand om haar gerust te stellen.

Cathy was dood.

Ze dacht, ik rijd naar Mountainview en kijk eens hoe het daar gaat. Bij het passeren van de bouwkeet zag ze een van de kiepauto's staan. Ze parkeerde, sprong de auto uit en rende het kantoor binnen.

"Ik wil Joe Treddick spreken; kunt u me vertellen waar hij is?"

Een lange man met een stoffig kleurtje keek haar onderzoekend aan. "Geen idee. Hij heeft vanmorgen opgezegd."

"Opgezegd! Waarom?"

"Dat weet ik niet...Hij kwam en nam ontslag."

Julie racete de cabriolet terug naar de stad. Ze was erg kwaad. Joe had het recht niet om zoiets te doen zonder haar te raadplegen. Wel, hij kon het heen-en-weer krijgen...Op een of andere manier kwam ze op de terugweg langs het Fair Oaks Guest House.

De oude Plymouth sedan was nergens te bekennen.

Julie parkeerde, liep naar de hordeur en belde aan. Een vrouw van middelbare leeftijd met een wilde grijze haardos verscheen aan de andere kant van het gaas.

"Ik ben op zoek naar Joe Treddick," zei Julie.

"Je bent hem net een halfuur misgelopen."

"U bedoelt dat hij — vertrokken is?"

"Ja, mevrouw."

"Heeft hij — een adres achtergelaten?"

De vrouw keek haar door de hor scherp aan. "Nee."

"Oké dan," zei Julie vermoeid. "Dank u wel."

Terneergeslagen reed ze naar huis. Joe's auto stond op de oprit. Joe kwam net het huis uit.

Julie kon met moeite haar gezicht in de plooi houden. "Joe!"

Hij liep naar de cabriolet. "Hoi Julie. Ik was al bang dat ik je mis zou lopen."

"Joe — waar ga je naartoe?" Ze nam zijn hand.

"Ik heb mijn ontslag ingediend, Julie. Ik ga weg uit San Giorgio."

"Maar waarom?"

Hij glimlachte. "Het staat me niet aan wat er hier allemaal gebeurt."

Julie keek naar het huis. Zeer waarschijnlijk stond haar moeder van-achter een van de ramen toe te kijken. "Stap in, Joe. Laten we een ritje maken. Ik wil met je praten."

Hij stapte in; Julie reed de oprit rond, en toen naar de snelweg, weg uit San Giorgio.

"Vertel me de waarheid, Joe."

Het duurde lang voordat hij met een antwoord kwam. "Ik had hier nooit naartoe moeten komen, Julie."

"Heb je vanmorgen weer een brief gekregen?"

"Ja."

"Wat stond erin?"

"Daar heb ik het liever niet over."

Er welden tranen op in Julie's ogen. "Ik heb ook een brief gekregen. Je mag de mijne wel lezen." Ze stopte aan de zijkant van de weg, opende het handschoenenvak en gaf hem de brief.

Hij las de brief in stilte.

Julie zei, "Ik ben naar Lucia gegaan. Ik — heb haar geconfronteerd. Je had gelijk. Zij heeft die brieven geschreven."

Joe knikte.

"Ik wil niet dat je gaat, Joe! Stel dat Lucia gelijk heeft — stel dat iemand mij het zwijgen oplegt."

"Dat lijkt me niet erg waarschijnlijk."

"Waarom niet? Wat nu als Robert Struve in San Giorgio is? Wat nu als hij wel een maniak is?"

"Als hij Cathy heeft vermoord en een beetje verstand heeft, maakt hij dat hij uit San Giorgio wegkomt."

"Joe — zou jij een zinkend schip verlaten?" Ze moesten allebei lachen.

"Ik heb mijn baan opgezegd."

"Dan gaan we daar nu naartoe en maken we het ongedaan."

"Maar Julie!"

"Stel dat je in de krant zou lezen dat mijn lichaam was gevonden. Slachtoffer van een seks-verminkingsmoordenaar. Zou je het jezelf ooit vergeven?"

Hij balde en ontspande zijn handen. "Ik weet niet of ik dat zou kunnen."

Ze kuste hem op zijn wang. "Oh Joe, de wereld is een verschrikkelijk oord!" Ze keek op naar zijn gezicht. "Zeg me dat je voor me zult zorgen, Joe."

"Ja," zei Joe. "Ik zal voor je zorgen."

Ze sloot haar ogen. Joe aarzelde even en kuste haar. Julie sloeg haar armen om hem heen voor een tweede. Ze gingen langzaam uit elkaar.

"En dat op klaarlichte dag," zei Julie. "Soms zou ik willen dat ik niet zo aanhalig was... Lucia heeft altijd alles opgekropt. En dat komt er nu allemaal in één keer uit," mijmerde Julie. "Ik hoop maar dat ze niet in de problemen komt." Ze tokkelde met haar knokkels op het stuur. "Dat doet me eraan denken."

"Wat?"

"Wel —" Julie aarzelde. "Ze zei dat ik erachter zou kunnen komen wie Cathy heeft vermoord door de societypagina van de zondagskrant te bestuderen."

"O ja?" Joe dacht even na. "Laten we eens kijken."

Ze zaten dicht tegen elkaar aan op bank in de woonkamer van de Hovards, beide hoofden gebogen over de *Herald-Republican* society-pagina.

"Ze zei dat ik het nooit zou zien — in geen miljoen jaar," zei Julie. "En volgens mij heeft ze gelijk, want we zijn al tien minuten aan het kijken en ik zie niets."

Joe bestudeerde de pagina van boven naar beneden. "Laten we het nog één keer proberen. Vanaf de kop naar beneden."

— HET EVENEMENT VAN HET SEIZOEN —
MOUNTAINVIEW MASQUÉ.

"Een evenement was het zeker," zei Joe.

Ze bestudeerden de foto's nog een keer. Het waren er acht, gearrangeerd rond een centraal stuk tekst waarin de meest opmerkelijke kostuums en de personen die ze droegen werden beschreven.

Julie pakte de krant op en boog zich er overheen. "Op deze foto staan vader en moeder —" ze wees "— en dat ding daar is mijn been; ik zit direct achter die vrouw met die slangengodinhoed... En daar ben jij met Julia aan de bar."

Joe nam de krant over. Hij en Lucia stonden een beetje opzij van de zwart-witte menigte. Lucia hield haar hoofd schuin; Joe zag er door een speling van het licht somber en triest uit.

"Waarom kijk je zo sip?" vroeg Julie.

Joe haalde zijn schouders op. "Ik ging haar net naar huis brengen… We waren ons een weg naar de deur aan het banen."

"Ze ziet er een beetje raar uit," zei Julie.

Joe knikte. "Ze was aardig ver heen — maar niet te ver."

Julie keek hem ineens onderzoekend aan. "Niet te ver heen — voor wat?"

Joe grinnikte. "Daar praat een heer niet over."

"Oh. Dus er is wel iets om over te praten."

De klank van haar stem verraste Joe; ze klonk plots jaren ouder. "Nee… Niets bijzonders. Ik had alleen het idee dat ze iets wilde."

"En dus hebben jullie ergens geparkeerd?" Joe schudde zijn hoofd. Julie klonk sceptisch. "Als ze niet op iets of iemand aan het neerkijken is, ziet Lucia er wel aardig uit."

"Ik ken slechtere."

Julie snoof. "Oh best. Als je Lucia dan echt zo leuk vindt…"

Joe mikte de krant op de tafel. "Dat doe ik niet."

"Maar jullie hebben op weg naar huis ergens geparkeerd."

"Hoe had ik dan met Lucia ergens stil kunnen staan en toch binnen een halfuur weer terug kunnen zijn op het Masqué?"

"Je bent eerder weggegaan."

"Niet waar. Maar dat kan ik onmogelijk bewijzen."

Julie pakte de krant weer op. "Nog een laatste blik."

"Volgens mij is Lucia meer dan een beetje gek," zei Joe.

"Wellicht. Maar ze klonk zo verrekt triomfantelijk!… Hier, misschien is dit het."

"Wat?"

Julie wees. "Deze man." Ze wees naar een figuur op de dansvloer.

"Wat is er met hem?"

"Hij heeft zijn masker op. Hij heeft verschillende keren met Cathy gedanst. Niemand wist wie het was. Nog steeds niet."

"Er was een man die met Cathy gedanst heeft. Nou en?"

"Misschien is dat Robert Struve wel."

Joe lachte. "Je laat je nog hypnotiseren door die Robert Struve."

"Iemand heeft haar vermoord. Niemand anders had een reden."

"Maar wat voor reden zou die Struve dan moeten hebben? Dat heb ik nooit begrepen."

Julie zuchtte. "Dat is een lang verhaal. Ik weet alleen wat Cathy me verteld heeft…Het begon allemaal met die vreselijke inwijding bij Tri-Gamma."

Joe wachtte.

"Cathy en Lucia en Dean gingen de kamer in. Om Robert te kussen. Ze dachten dat hij buiten westen was — dronken — en maakten een paar flauwe grappen. Niets ernstigs — maar volgens mij waren ze behoorlijk gemeen. Genoeg om ervoor te zorgen dat Robert ze ging haten."

"Dat was jaren geleden. Het klinkt vergezocht."

"Zowel het gezicht van Cathy als dat van Dean was verminkt. Op dezelfde plek waar Roberts gezicht er zo vreselijk uitzag. En Carr heeft hem gehoord — wat hij tegen Cathy gezegd heeft."

Joe gooide de krant op de koffietafel. "Ik heb een idee."

"Wat?"

"Lucia zegt dat ze weet wat er aan de hand is."

Julie keek hem vragend aan. "En jouw idee is om samen met Lucia een ritje te maken en ergens te parkeren."

"Het was maar een idee," zei Joe.

"Jij zit vol goeie ideeën." Julie trapte naar de krant. "Dat zou ze me nog jaren laten voelen. Nog erger dan nu."

"Ze is gewoon jaloers."

"Ik heb liever dat zij jaloers op mij is dan ik op haar."

"Jij bent je hele leven nog nooit jaloers geweest."

"Oh jawel…Maar ik zal je nooit vertellen op wie."

Joe stond op. "Ik ga maar weer eens."

"Oké," zei Julie. "Maar wat je ook gaat doen, eerst ga je je baan terugvragen."

"Prima," zei Joe. "Als jij het zegt."

"Ik zeg het. En nu wil ik een kus."

Hoofdstuk XIII

Bij De Torentjes was de schemering ingetreden. De zon was al twintig minuten onder; de lucht was een oranje veeg waarin de oude puntgevels diepzwarte inkepingen maakten. De bomen rondom het huis broedden op een nest van schaduwen.

Binnen was het stil. Rechter Small zat in de bibliotheek met Chapman's *Doctrines of Freehold* op schoot. Zijn hoofd hing achterover; hij dommelde. De meid had een lichte avondmaaltijd klaargezet en was al naar huis.

Lucia was boven in haar kamer. Ze lag op bed, langzaam bladerend door de pagina's van een groot boek dat voor haar lag. Het was het jaarboek van de San Giorgio High School uit haar eindexamenjaar. Ze sloeg de bladzijden om; bekende gezichten doemden op, flitsten voorbij, en verdwenen weer.

Bij een van de pagina's hield ze stil en keek naar het glimlachende, zelfverzekerde, naïeve gezicht van Cathy McDermott. Lucia maakte een bitter, cynisch geluid. Een commentaar op de onvoorspelbaarheid van het leven, met een vage ondertoon van voldoening. Op de tegenoverliggende pagina stond Dean Pendry, het hoofd iets achterover zodat haar profiel en wilde haardos goed uitkwamen.

Ze sloeg de bladzijden om — de ene na de andere — tot bij de letter S. Lucia Small. Lucia keek naar haar eigen foto. Het kapsel — ze had de haren strak achterover getrokken gedragen. Om haar mond een nietszeggende stijve glimlach.

"Zo ben ik niet!" zei Lucia tussen haar tanden door. "Zo ben ik niet!"

Ze sloeg de pagina's snel om. De foto's van de junioren: Julie Hovard.

De kleine gewiekste egotiste, zo vrolijk en zelfverzekerd. Lucia dacht terug aan de Tri-Gamma inwijding, knikte met een bittere glimlach. Lucia had nooit enige illusie gekoesterd over wat er toen gebeurd was. En Julie die de zaak zo nonchalant afdeed.

Lucia sprong op en liep naar de manshoge spiegel aan de binnenkant van haar kastdeur. Ze inspecteerde zichzelf.

Ik ben mooi! dacht ze uitdagend. Ze zette haar handen in haar zij en draaide van links naar rechts. Ik ben tenger, dacht ze. Ik heb het lichaam van een patriciër, kleine borsten, smalle heupen.

Ze stapte uit haar kleren.

Achter haar opende de kamerdeur zich. Langzaam, een centimeter, twee centimeter, drie…Er stond een man te kijken. Lucia raapte haar rok op — verontrust door een trilling in de lucht, een mentale huivering. Ze keek naar de deur.

De man liep haar kamer binnen. Ze opende haar mond, maar wist niet meer uit te brengen dan een hees gekras.

"Rustig aan, rustig aan…Je ziet er mooi uit zo."

"Wat moet je van me!" Lucia snakte naar adem. "Maak dat je wegkomt!"

"Maar ik ben er net." Hij keek haar aan. "Je had niet zo veel brieven moeten sturen, Lucia."

"Misschien niet." Er klonk vreemd genoeg geen paniek door in Lucia's stem. "Ik heb ook andere brieven geschreven. Die worden verstuurd als er iets met mij gebeurt."

Hij liep op haar toe. Lucia gleed in zijn armen en drukte zich tegen zijn borst.

Beneden bewoog de oude Rechter Small en gaapte. Hij lag stil, zijn hoofd achterover tegen het zachte oude leer, zijn keel droog en ruw. Hij reikte naar zijn boek, zette zijn bril op en ging verder met lezen. Hij sloeg een pagina om, knikte af en toe.

Een geluid? Rechter Small knipperde met zijn ogen en keek de bibliotheek rond. Alles leek in orde.

De man boven liep zachtjes naar de deur en keek naar buiten; niemand te zien. Hij glipte door de hal naar de badkamer, sloot zichzelf binnen en waste zich zorgvuldig.

Beneden in de bibliotheek kwam Rechter Small overeind, kuierde

naar de eetkamer en inspecteerde het buffet door het bifocale deel van
zijn brillenglazen. Hij deed wat fijngesneden kool en wortel op een
bord, een koud gekookt ei en een handje crackers. Hij ging zitten en at.

Nadat hij gegeten had gaapte hij, stond moeizaam op en keek door
de boog de hal in. Het was de glans van het licht uit de bibliotheek op
de in de was gezette hardhouten vloer die zijn aandacht had getrokken. Tien, twintig seconden stond hij afwezig te staren, terwijl hij een
draadje kool tussen zijn tanden vandaan probeerde te zuigen.

Nog steeds zuigend liep hij naar zijn privélift, ging zitten en drukte
op de knop. De cabine rees in de schacht omhoog.

In Lucia's kamer voelde de man het snorren van de liftmotor. Hij
stond stil. Het snorren hield op en even later lichtte het venster van de
noordelijke toren geel op. De rechter zat veilig in zijn studeerkamer, tot
middernacht of nog later.

De man, nu met handschoenen aan, liep naar Lucia's secretaire. Hij
draaide de sleutel om, deed de klep omlaag en onderzocht de verschillende hoekjes en vakjes. Hij vond niets dat hem interesseerde.

Hij sloot het bureau weer af en begon de kamer te doorzoeken. Hij
nam bijna onbeschaamd de tijd en was niet bezorgd of hij wel of niet
iets zou vinden. Lucia mocht dan wel geprobeerd hebben zichzelf te
beschermen — misschien een brief die naar de politie gestuurd zou
worden — maar wat dan nog? Wat zou ze kunnen bewijzen? Wat zou
wie dan ook kunnen bewijzen?

In de la van het nachtkastje trof hij een krantenknipsel aan uit de
societyrubriek van de *Herald-Republican*. Een foto. Hij bestudeerde
de foto, haalde zijn schouders op, vouwde hem dubbel en stak hem in
zijn zak.

Hij stond stil bij het bed om nog een laatste keer naar Lucia te kijken.

Hij kneep de lippen op elkaar en schudde het hoofd. Hij liep achteruit, stopte bij de deur en keek de kamer rond als een tuinier die een
stuk grond inspecteert. Daarna deed hij het licht uit, liep de kamer uit
en verliet het huis.

De lange donkere nacht ging voorbij. Het was stil in de kamer. De
dag brak aan en zilverkleurig licht sijpelde de kamer in; even later bra-
ken de gele zonnestralen door de gordijnen.

Om tien uur klonken er kordate voetstappen op de gang. De deur werd wijd geopend. Zodra ze er weer toe in staat was, belde de meid direct met Sheriff Hartmann, zonder eerst de dove oude Rechter Small in te lichten.

Tegen de avond kolkte het in San Giorgio van de sensatie. Twee verminkingen in een week, een maniak op vrije voeten! Sheriff Hartmann voelde zich blind, verbijsterd en hulpeloos. Hij had geen verdachten om te ondervragen, geen aanwijzingen en geen idee waar hij moest beginnen. Er diende zich eigenlijk maar één onderzoeksrichting aan, het gevolg van Pendry's vage identificatie van Robert Struve. Het was een waardeloos stukje bewijs. Maar het was een aanwijzing en hij had geen andere.

Rond elf uur verscheen Carr Pendry bij de Hovards met een vreemde — een kleine magere man met het gezicht van een bankmedewerker, die niet bij elkaar passende sportieve kleding droeg: een chocoladebruin gabardine pak, een smalle donkerbruine strik en geelbruine schoenen.

De meid deed de deur open; Margaret Hovard kwam nieuwsgierig kijken wie er aan de deur stond. "Oh, jij bent het Carr."

"Hallo, mevrouw Hovard. Dit is meneer Brevis. Meneer Brevis is een privédetective."

"Bent u door meneer McDermott ingehuurd?"

Brevis knikte. "Ik zou het op prijs stellen, mevrouw Hovard, als u mijn betrokkenheid bij deze zaak aan niemand zou willen doorvertellen."

"Dat spreekt voor zich."

"Ik zou graag, als u het me toestaat, met uw dochter willen spreken."

"Zoals u wilt," zei mevrouw Hovard. "Hoewel ik niet inzie hoe ze u zou kunnen helpen." Margaret liep naar de voet van de trap. "Julie!"

Julie kwam uit haar kamer naar beneden.

"Dit is meneer Brevis, lieverd," zei Margaret. "Hij is een detective en hij wil met je spreken."

Julie knikte. Ze keek hem aan.

"Ik geloof dat we beter onder vier ogen kunnen praten," zei Brevis.

Voordat Margaret bezwaar kon maken zei Julie, "Laten we op het terras gaan zitten." Ze ging hem voor en Brevis volgde haar.

Julie en Brevis spraken bijna een uur met elkaar en gingen toen terug naar Margaret en Carr.

"Zo, Brevis," zei Carr joviaal, "ben je iets te weten gekomen?"

"Ik heb, geloof ik, wel een algemeen beeld van de situatie," zei Brevis.

Carr schraapte zijn keel. "Heeft Julie je nog op de een of andere manier kunnen helpen?"

Brevis haalde zijn schouders op. "We hebben de zaak besproken…"

Brevis stond in het kantoortje van het Las Lomas Detention Home.

"Zo, zo," zei hij. "Dat is erg interessant, maar —"

"Meer kan ik u niet vertellen en dat had ik uw kantoor ook al laten weten. Ik heb zelf met de sheriff gesproken. Sheriff Hartmann." Ze keek hem onderzoekend aan, een stevige, intelligente vrouw in een bruin wollen pak. "Vreemd dat ze u hierheen sturen en dan ook nog eens bellen."

Brevis maakte een achteloos gebaar. "Werkt hier misschien nog iemand die Robert Struve goed gekend heeft? Een van de bewaarders wellicht?"

De vrouw bladerde door een boek, liep met haar vinger langs de namen. "Dat moet mevrouw Fador zijn." Ze nam de telefoon op en draaide een nummer.

"Mevrouw Fador alstublieft… Mevrouw Fador, met Anna. Er is hier een man uit San Giorgio die dingen over Robert Struve wil weten. Hij wil met iemand spreken die Robert goed gekend heeft… dokter O'Brien. Dank u wel." Ze drukte de haak in, liet hem los en draaide opnieuw.

Ze had een kort gesprek met dokter O'Brien en maakte vervolgens een gebaar naar Brevis. "De gang door, rechtsaf en daarna de binnenplaats oversteken. Vraag naar dokter O'Brien. Hij heeft Robert Struve nog het beste gekend."

Het kantoor van dokter O'Brien was een grote ruimte waarin allerlei soorten meubilair rommelig door elkaar stonden: boekenkasten, een grote tafel, stoelen. O'Brien zat in een draaistoel, met boeken aan de ene kant en een mand met papieren aan de andere kant. Zijn gezicht was roodverbrand en glom van de olie.

"Vergeef me als ik blijf zitten," zei hij tegen Brevis. "Ik ben vanmorgen in de zon in slaap gevallen. Dom van me… Gaat u zitten."

Brevis ging in een stoel naast het bureau zitten. "Mijn naam is Brevis. Ik ben detective."

"Oh, ja," zei O'Brien. "Van de politie van San Giorgio."

"Dat is een misverstand," zei Brevis. "Ik ben privédetective." Hij liet O'Brien zijn papieren zien. O'Brien werd nieuwsgierig. "Oh. Wat is er dan aan de hand?"

Brevis ging rechtop zitten. "Wel, om eerlijk te zijn meneer ben ik aardig de draad kwijt. De hele situatie is nogal verwarrend; ik hoopte dat u me zou kunnen helpen." O'Brien ontspande in zijn stoel en fronste bedachtzaam.

"Robert Struve, hè? Wat heeft hij zich precies op de hals gehaald?"

"Wellicht bent u bekend met de San Giorgio verminkingen."

"Oh, ja," zei O'Brien. "Denkt u — Ik bedoel, u heeft het idee dat Struve daarvoor verantwoordelijk is?"

Brevis schudde zijn hoofd. "Dat probeer ik juist uit te vinden — of het mogelijk is dat Struve de moordenaar is."

O'Brien haalde zijn schouders op en kromp ineen van de pijn. "Dat is moeilijk te zeggen. Robert — wel, er is het nodige dat over hem gezegd kan worden — een uitzonderlijke volharding, gedrevenheid. Maar ik ben er nooit achter gekomen welke kant dat opging."

"Wat was het voor jongen?"

O'Brien stond voorzichtig op, liep door de kamer naar een archiefkast, bladerde door de inhoud en kwam terug met een hangmap. "Dit is de map over Robert Struve," zei hij. "Dit is zijn foto — nog van voor de plastische chirurgie natuurlijk."

Brevis pakte de foto op. "Mmm... Geen prettig gezicht."

"Nee," zei O'Brien. "Ik heb nog nooit zo'n vreselijke klomp vlees gezien. Gelukkig is het volledig goed gekomen. Dat was echt een mooi staaltje reparatiewerk."

"Hebt u ook een foto van Struve van na de operatie?"

Dokter O'Brien keek ongemakkelijk. Hij lachte. "Zoals reglementair vastgelegd, is er een foto van Struve gemaakt bij binnenkomst. Na de operatie was er niemand verantwoordelijk om hem te fotograferen... ik ben bang dat het gewoon nooit meer gebeurd is."

Brevis bestudeerde de foto. "Zijn veranderde gezicht heeft waarschijnlijk ook zijn karakter beïnvloed?"

O'Brien haalde zijn schouders op. "Het heeft in ieder geval invloed gehad op zijn gedrag."

"Laat ik het zo stellen. Kunt u zich Robert Struve voorstellen als iemand die vijf jaar lang wrok koestert en dan opeens vanwege die wrok een aantal verschrikkelijke misdaden begaat?"

"Ik kan daar eerlijk gezegd niet op antwoorden. Ik heb hem altijd gezien als een jongen die een ontzettende last droeg. Ik geloof niet dat hij ooit een echte jeugd heeft gehad. Zijn moeder was een tamelijk zwakke vrouw die hem klaarblijkelijk toen hij pas negen jaar was al het hoofd van de familie heeft gemaakt. Toen hij wegging — ik geef toe dat ik geen idee had wat er van hem terecht zou komen. Ik heb zijn ontslag alleen aangeraden omdat ik vond dat het leger een veel betere therapie voor hem zou zijn dan het instituut."

"Hij heeft dienst genomen?"

"Nee. De dienstplicht diende zich aan. We konden hem of in dienst laten gaan of hem hier houden tot zijn eenentwintigste. Wij hebben voor het leger gekozen. Er leek geen sprake van morele verdorvenheid; wij vonden dat hij het slachtoffer was geworden van omstandigheden en op die basis kon hij zijn dienstplicht vervullen."

"Weet u waar hij zich moest melden?"

"Volgens mij in Sacramento."

"Ik snap het... Mag ik u nog vragen om Roberts vingerafdrukkaart?"

O'Brien gooide hem Robert Struve's kaart toe.

Brevis maakte een snelle notitie. "U hebt me erg goed geholpen dokter."

"Misschien," zei dokter O'Brien. "Vertelt u me eens hoe Robert Struve hierbij betrokken is."

"Om eerlijk te zijn, dokter, dat is precies wat ik probeer uit te zoeken."

"Ik snap het... Tja, het is altijd verontrustend om te horen als een van onze jongens in de problemen komt."

"Begrijp me niet verkeerd dokter. Hij zit niet in de problemen. Tot nu toe is er niet meer dan een vage hint dat hij erbij betrokken is. Het is zelfs heel goed mogelijk dat ik bewijs dat hij volkomen onschuldig is."

Het leek alsof O'Brien de interesse in het onderwerp verloren had. "Wel, meer kan ik u niet vertellen. Sommige jongens leren we hier aardig kennen. Andere niet. Robert Struve behoorde tot die laatste categorie."

*

Twee dagen laten keerde Brevis terug naar San Giorgio en reed naar het gebouw van de San Giorgio Bank van Lening.

Ralph McDermott zat achter zijn bureau, de handen gevouwen op zijn groene vloeiblok. Brevis kwam zachtjes binnen.

McDermott gebaarde naar een stoel. "Wat heb je ontdekt?"

"Nog niets eenduidigs," zei Brevis. Hij haalde een notitieboekje uit zijn zak. "Wat ik heb, heeft aardig wat spitwerk gekost. Ik heb een half dozijn verschillende bureaus en kantoren bezocht. Ik heb je vijfendertig dollar aan smeergelden gekost."

McDermott wachtte. Brevis raadpleegde de notities die hij al uit zijn hoofd kende.

"Op 12 januari 1950 begon Robert Struve zijn dienstplicht. Hij werd ingedeeld bij de genie en verscheept — eerst naar de Filipijnen, waar hij werd gepromoveerd tot korporaal; daarna naar Japan en daarna naar Korea.

"In juli 1951 kreeg zijn eenheid de opdracht zich aan het front te melden. Op 1 november 1951 sneuvelde korporaal Robert Struve in actie, samen met zijn gehele peloton."

"Zo, zo," zei McDermott. "En dat kan geen vergissing zijn?"

"Ik heb de officiële lijst gezien."

McDermott wreef over zijn voorhoofd en zakte weer terug in zijn stoel.

"Ik heb ook nog iets anders ontdekt," zei Brevis terloops.

McDermott staarde hem uitdrukkingsloos aan. "Hè?"

"Zoals ik rapporteerde werd Struve's hele peloton weggevaagd. Ik geloof dat er een mortiergranaat in hun midden ontplofte. Er was één uitzondering, één man werd niet gedood maar door de Chinezen gevangengenomen."

"En dus?"

De telefoon ging.

"Excuseer me," zei McDermott. Hij nam de hoorn van de haak. "Hallo?"

"U spreekt met Carr Pendry, meneer McDermott. Ik heb nieuws. Ik vond dat ik het u beter direct kon laten weten."

"Wat voor nieuws?"

"Ik kom net bij Sheriff Hartmann vandaan. Hij heeft Robert Struve opgespoord."

McDermott keek door de kamer naar Brevis. "Waar is hij?"

"Hij is dood."

"Oh, ja. Dat wist ik al."

"Oh." Carr beëindigde het gesprek slapjes. "Nou, ik dacht dat u het wel wilde weten."

McDermott hing op en greep naar zijn chequeboek. "Hoeveel ben ik u schuldig?"

Brevis kneep zijn lippen op elkaar. "Ik heb nog een ander stukje informatie dat u wellicht zal interesseren."

McDermott leunde achterover. "Ga uw gang."

"Zoals ik al zei, één man uit Struve's peloton overleefde het."

"Ja. Wat is er met hem?"

"Het is misschien een onwaarschijnlijk toeval — maar heet die knaap die met Julie Hovard omgaat niet Joe Treddick?"

"Eh, ja," zei McDermott. "Ik geloof het wel."

"Dat was de naam van de enige overlevende uit Robert Struve's peloton. Joe Treddick."

"Nee maar…" McDermott dacht even na. "Wat denkt u?"

"Persoonlijk denk ik dat dit een zaak voor de sheriff is."

Sheriff Hartmann klopte op de deur van het Fair Oaks Guest House. Mevrouw Tuttle verscheen, haar handen aan haar schort afvegend. "Ja?"

"Ik ben Sheriff Hartmann, mevrouw Tuttle. Woont Joe Treddick hier?"

"Ja," zei mevrouw Tuttle. "Maar hij is er niet op het moment. U moet later maar eens terugkomen."

"Heeft u enig idee waar hij is?"

"Ik heb geen idee," zei mevrouw Tuttle. "Dus, als er verder niets is."

"Dank u wel, mevrouw Tuttle."

Sheriff Hartmann liep terug naar zijn auto. Op Conroy Avenue verscheen Carr Pendry's Jaguar in zijn achteruitkijkspiegel. Toen Sheriff Hartmann de oprijlaan van de Hovards opdraaide, stuurde Carr de Jag er direct achteraan. Op de veranda voegde hij zich bij Sheriff Hartmann.

"Hallo Sheriff. Wat is er aan de hand?"

Hartmann aarzelde. "Welnu, Carr — in vertrouwen, er zit schot in de zaak. Heb je Joe Treddick ergens gezien?"

"Joe? Vandaag niet. Wat moet u met Joe?"

Sheriff Hartmann aarzelde nog een keer en zei, "We denken dat Treddick Robert Struve mogelijk heeft gekend in Korea."

Carr verwerkte de informatie. "Tjemig, als Struve dood is — en Treddick duikt hier op — wat betekent dat?"

"Dat proberen we nu uit te zoeken," zei Hartmann.

Carr deed de deur open. "Hallo," riep hij. "Is er iemand thuis?"

"Hierbinnen," kwam de stem van Darrell Hovard uit de woonkamer. "Wie is daar? Carr?"

"Carr en Sheriff Hartmann."

Darrell en Margaret zaten rustig aan het uiteinde van de kamer.

"Kom binnen…Ga zitten." Darrell maakte een gebaar naar het buffet. "Wat mag het zijn — een martini?"

"Op dit moment niet, dank u wel," zei Hartmann. "Ik ben op zoek naar Joe Treddick. Is hij hier?"

"Joe? Waar hebt u Joe voor nodig?"

"Gewoon een paar vragen. Is hij in de buurt?"

"Nee," zei Darrell. "Hij en Julie zijn een ritje gaan maken — een uur of twee geleden. Ze zeiden dat ze voor het eten terug zouden zijn."

"Waar zijn ze naartoe gegaan?" vroeg Hartmann.

"Is het — dringend?" vroeg Darrell met hese stem.

"Ja, heel dringend. Mag ik uw telefoon gebruiken?" vroeg Hartmann.

Hoofdstuk XIV

Joe Treddick en Julie volgden een weg langs afgelegen boerderijen en een vervallen oud wegrestaurant. Ze reden schuin omhoog over de heuvelkam, waarbij de ondergaande zon recht in hun gezicht scheen. Joe nam gas terug. Ze keken uit over de uitgestrekte Silveradovallei die nu baadde in een gouden gloed.

Een vrachtwagen kwam hen puffend tegemoet, passeerde en reed vervolgens gierend in de tweede versnelling de helling af. Het geluid stierf weg.

Joe draaide een zijweg in die over een uitloper van een heuvel liep.

"Joe," zei Julie, "Moeder wordt woedend als we te laat zijn voor het eten."

Joe knikte en stopte de auto. Ze zaten samen en keken naar de zonsondergang.

Een buizerd kwam van ver uit de vallei steeds dichterbij, cirkelde, vloog schuin naar beneden en weer weg.

Joe hield Julie's hand vast. Ze voelde de polsslag in zijn greep, de warmte.

"Voel je dat?" vroeg Joe vreemd opgewonden. "Het is net een vonk die overslaat. Voel je het?"

"Oh — min of meer."

"Dat is leven. Jij en ik leven."

Julie bewoog en keek weg, vervuld van een vage onrust. Terwijl de zon achter de heuvels onderging, zaten ze zwijgend naast elkaar. Julie wierp een heimelijke blik op Joe; hij keek naar het westen alsof hij nog nooit eerder een zonsondergang had gezien.

"Joe — wat zit je dwars?"

Zoals ze al verwachtte, glimlachte Joe zwakjes; hij hield zijn problemen altijd voor zich. "Waarom vraag je dat?"

"Je doet zo raar. Ik herken je haast niet meer."

"Wie kent iemand nu echt?"

"Wel, Joe. Ik dacht toch dat ik je inmiddels erg goed kende."

Joe glimlachte weer. "Je staat op het punt me nog beter te leren
kennen."

Julie lachte ongemakkelijk. "Misschien blijf ik liever in het onge-
wisse." Ze keek op haar horloge. "Bovendien, Moeder vilt ons levend
als we een uur te laat binnenkomen voor het eten."

Joe maakte geen aanstalten om de auto te starten.

Julie klemde geërgerd haar kaken op elkaar, maar de ergernis veranderde in mededogen. Wat Joe ook dwarszat, het moest erg belangrijk
voor hem zijn; normaal gesproken deed hij altijd zijn uiterste best om
attent te zijn. "Jammer dan voor Moeder. Het kan me niet schelen als
we te laat komen."

Joe sloeg zijn arm om haar heen en trok haar naar zich toe; maar ze
hield hem af. Ze was nerveus en gespannen.

"Alsjeblieft Joe. Niet nu."

Ze keken elkaar aan. Joe opende zijn mond en sloot hem weer; het
leek alsof iets hem ervan weerhield om te spreken. Julie was verbaasd.

"Julie," zei Joe, "vanaf de allereerste keer dat ik je zag, hield ik van
je."

"Dat is fijn." Ongemakkelijk lachend probeerde Julie zich uit zijn
armen los te werken. "Laat los, Joe! Ik hou er niet van om op deze
manier vastgeklemd te worden."

Zijn gezicht was bleek en star; zijn ogen glommen.

Uiteindelijk wist ze zich onder zijn arm uit te wurmen. Ze keken
elkaar aan, ieder vanaf zijn kant van de auto.

Julie draaide zich om. Joe bleef tegen de deur aan zijn kant van de
auto zitten en keek haar aan. De stilte werd met de minuut ongemak-
kelijker. Wat is er toch met hem aan de hand? dacht Julie knorrig. Ze
reikte naar voren en zette de radio aan.

"Joe," zei Julie, "laten we naar huis gaan."

Joe keek in de achteruitkijkspiegel. "Ja," zei hij. "Dat is een goed
idee." Hij startte de motor en wilde achteruit keren. Er stond een zwart

met witte sedan in de weg — een politiewagen. Een agent sprong uit de auto en gaf hen een sein om te stoppen. Hij keek in de auto.

"U bent Joe Treddick?"

"Dat klopt."

"En u bent juffrouw Julie Hovard?"

"Ja."

"Wat is het probleem?" vroeg Joe.

"Geen probleem," zei de agent. "Wilt u hier misschien even een paar minuten wachten?"

"Ik moet eigenlijk naar huis," zei Julie.

De agent liep terug naar zijn auto, stapte in en sprak in de microfoon. Een holle stem ratelde terug. De agent hing de microfoon weer op.

Joe maakte aanstalten de deur open te doen; Julie pakte zijn arm. "Wat ga je doen?"

"Ik wil weten wat er aan de hand is."

"Wacht Joe ... Laten we gewoon wachten ..."

Hij ontspande in zijn stoel.

"Wat zouden ze in vredesnaam willen?" vroeg Julie.

Joe haalde zijn schouders op. Julie keek hem plots speculerend aan.

Er gingen vijf minuten voorbij. Er kwam een tweede politiewagen de weg oprijden en stopte naast de eerste. Er stapten nog twee politie-agenten uit die kort met de eerste overlegden; vervolgens liepen ze met zijn drieën naar Joe's auto.

"Meneer Treddick," zei de sergeant die in de tweede auto was aange-komen, "als u er geen bezwaar tegen heeft, rijd ik met u terug naar San Giorgio. Juffrouw Hovard rijdt mee in de politieauto. Er is iets waar de sheriff graag met u over wil praten."

"Waar hebben ze het over?" vroeg Julie.

"Alstublieft, juffrouw Hovard. Wilt u nu uitstappen?"

Julie stapte uit; de sergeant nam haar plaats in. "Zo, Treddick, terug naar San Giorgio en kalm aan."

Joe startte de motor. "Sta ik onder arrest?"

"U staat niet onder arrest. En nu rijden."

Negentien minuten later leverde de politie Julie af bij haar voordeur. Ze sprong uit de auto en rende de trap op. Darrell en Margaret kwamen naar buiten; Margaret sloeg haar armen om haar heen.

"Julie, lieverd, goddank ben je in orde."

"Natuurlijk ben ik in orde," snauwde Julie. "Waarom zou ik dat niet zijn?"

"Kom maar naar binnen," zei Carr, haar bij de arm nemend. "Dan zal ik je alles vertellen."

"Hou op met aan me te trekken," zei Julie. Ze marcheerde naar binnen. "Ik wou dat ik wist waar deze hele heisa goed voor is..."

Sheriff Hartmann zat achterovergeleund in zijn draaistoel, rustig balancerend, met zijn hoed op zijn hoofd.

Joe liep stijfjes de kamer binnen. De deputy stond in de deuropening. "Dit is Joe Treddick, Sheriff."

"Goed," zei Hartmann, in zijn stoel naar voren leunend. "Breng me wat koffie, wil je Howard? Wil jij ook, jongeman?"

"Zwart," zei Joe. "Zonder suiker."

"Oké. Twee koffie, zwart." De deputy wilde de deur dichtdoen.

"Hé!" riep de sheriff. "Stuur Sid hiernaartoe om een verklaring op te nemen."

"Nog iets anders? De rubberen slang nodig?"

Sheriff Hartmann glimlachte. "Vanavond niet. We kunnen vast met elkaar opschieten, Joe en ik."

De deur ging dicht. "Het spijt me dat we er zo'n spektakel van gemaakt hebben, Joe — maar wij denken dat je ons kunt helpen."

"Hoe dan?"

"Gewoon door een paar vragen te beantwoorden... Sigaret?"

Met een sombere glimlach nam Joe er een aan.

De sheriff hield hem een lucifer voor. "Wat vind je van je baan, Joe?"

"Het is een beetje eentonig."

"Je hebt toch een veteranenpensioen, of niet?"

"Niet dat ik weet."

"Ik dacht dat alle krijgsgevangenen een pensioen kregen."

"Sommigen wel neem ik aan, anderen niet..."

Een dunne man met zwart haar in een middenscheiding kwam binnen, nam plaats achter een bureau en legde een notitieblok voor zich neer.

"Dat is Sid," zei de sheriff. "Hij neemt je verklaring op."

"Verklaring over wat?"

"Er zijn een paar gemene moorden gepleegd in de stad. We willen die graag opgelost zien."

"Dat kan ik me voorstellen."

"Weet je iets van die moorden?" vroeg Hartmann.

"Alleen wat ik in de krant gelezen heb."

De sheriff knikte. "Juist. Nu, wij denken dat een figuur genaamd Robert Struve ons wat informatie zou kunnen geven." De deputy kwam binnen met twee koppen koffie, zette er een neer voor de sheriff en de andere voor Joe.

"Dank je wel," zei Joe.

"Dank je wel Howard," zei Sheriff Hartmann. "Zeg Joe, wij horen dat jij onder Struve gediend hebt in Korea."

De sheriff wachtte. Joe nipte aan zijn koffie. "Wel?" vroeg de sheriff.

"U zegt het," zei Joe.

Hartmann fronste waarna er een kleine glimlach op zijn gezicht kwam. "Oké, Joe. We doen het op jouw manier. Jij beweert Struve gekend te hebben?"

Joe zat stil, dronk zijn koffie en dacht na. De sheriff wachtte en observeerde hem scherp. Vanachter zijn bureau in de schaduw keek Sid, de stenograaf, toe als een kakkerlak vanuit een kier.

De sheriff zei daarop, "Je helpt jezelf hier niet mee, Joe. Als je eerlijk bent heb je niets om bang voor te zijn."

"Daarom ben ik ook niet bang," zei Joe.

"Mooi," zei de sheriff hartelijk. "Misschien wil je deze vraag dan voor me beantwoorden. Kende je Robert Struve in Korea?"

"Ja," zei Joe. "Ik kende Struve. Korporaal Robert Struve."

"Ah," zei Sheriff Hartmann. "Nu komen we ergens. Wat is er precies met Struve gebeurd?"

"Het leger zegt dat hij dood is. Dat zal dan wel kloppen."

"Hmm," zei Sheriff Hartmann. "Denk je dat je Struve van een foto zou herkennen?"

"Moeilijk te zeggen."

"Kijk hier eens naar." De sheriff gooide een foto die tussen twee glasplaten was gemonteerd naar Joe toe. Joe dook weg. De foto viel kletterend op de vloer.

"Verdomme!" riep Sheriff Hartmann. "Kun je niet vangen?"

"Ik ben een beetje zenuwachtig," zei Joe.

"Ja, jij bent zenuwachtig. Als een stuk kouwe kabeljauw."

Joe boog zich over de foto. Hij lag ondersteboven. Hij werkte een vingernagel onder de rand en wipte hem om.

Het gezicht op de foto was dat van Robert Struve bij binnenkomst in het Las Lomas Detention Home. Sheriff Hartmann, die aandachtig toekeek, meende een trilling in Joe's wang te bespeuren.

"Herken je hem?"

"Zo zag Struve de laatste keer dat ik hem zag er niet uit."

"Nee? Zo, zo." De sheriff stond op. "Heb je er bezwaar tegen dat we je vingerafdrukken nemen?"

"Ja. Dat heb ik."

De sheriff wees met een vinger naar Sid. "Wijzig dat Sid. Schrijf maar op dat hij 'Nee, natuurlijk niet' zei."

"Hebbes," zei Sid.

De sheriff liep naar de deur. "Howard, breng het gereedschap maar binnen."

Joe verzette zich niet. Zijn vingers werden geïnkt en gerold, de ene na de andere.

"Zo, Joe, als je hier nu even twee minuten wil wachten... Hou hem in de gaten, Sid."

De sheriff verliet de kamer. Joe drukte zijn sigaret uit en nipte aan zijn koffie. Er gingen drie minuten voorbij. De sheriff kwam terug.

"Zo Joe, je vingerafdrukken zien er interessant uit." Joe zei niets. Hartmann liet zichzelf in zijn draaistoel zakken. "Yep. Stom toeval niet-waar? Dat jouw afdrukken zo veel op die van Struve lijken."

Joe grinnikte.

"Heb je liever dat we je Joe Treddick noemen dan Struve?"

"Veel liever. Zo heet ik toevallig."

De sheriff leunde achterover in zijn stoel. "Luister, Joe — of Robert — waarom bespaar je ons allebei niet een heleboel moeite en vertel je ons wat er is gebeurd."

"U stelt de vragen."

"Waarom heb je Cathy McDermott vermoord? Waarom heb je Lucia Small vermoord?"

Het verhoor ging door totdat de sheriff rode ogen had en bulderde, en Joe Treddick niet meer was dan een holwangige, glazig kijkende gedaante.

Ergens vroeg in de ochtend maakte de sheriff een vermoeid armgebaar. "Oké Howard, neem hem maar mee. Zet hem maar op ijs."

"Wacht eens even," zei Joe met hese stem. "Sta ik onder arrest?"

"Daar zou ik maar wel op rekenen."

"En waarvoor?"

"Dat weet je zelf het best."

Howard nam Joe bij zijn arm. "Kom maar mee vriend."

HOOFDSTUK XV

JULIE WERD OM ZEVEN UUR wakker met prikkende ogen, een kloppende hoofdpijn en een metalige smaak in haar mond.

Ze steunde op een elleboog en keek de kamer rond. Ze dacht, Wat moet ik in vredesnaam doen vandaag? Wat gebeurt er allemaal... Maar opeens kwam alles naar boven en wist ze alles weer.

Na een paar minuten stapte ze haar bed uit, douchte, poetste haar tanden en trok een lichtblauwe katoenen rok, een witte bloes, witte sokken en witte schoenen aan.

Ze ging naar beneden om te ontbijten. Haar moeder lag nog in bed, haar vader was al weg. Het dienstmeisje serveerde Julie sinaasappelsap, koffie, een warme krentenbol en boter.

Julie at en liep daarna naar de telefoon.

"Carr, met Julie."

"Hallo Julie. Wat ben je aan het doen?"

"Ik heb net mijn ontbijt op."

"Zal ik langskomen?"

"Dat is goed." Julie hing op. Carr, hoe verwaand hij ook was, was betrouwbaar en voorspelbaar. Carr was — nu ja, hij was Carr. Hij zou nooit een geheim en verbitterd bestaan hebben kunnen leiden. Doen alsof, duistere plannen smeden, huichelen. Julie's maag draaide er gewoon van om...

Carr kwam bij haar zitten aan de ontbijttafel. Julie pakte een kopje voor Carr en het dienstmeisje schonk koffie in.

Carr droeg deze ochtend een nieuw pak van olijfkleurig keper met een wit overhemd en een zwarte gebreide das. Zijn zandkleurige bruine haar was netjes gekamd en zijn ronde gezicht glom nog na van een grondige scheerbeurt.

"Zo, Julie, dit is een verschrikkelijke toestand."

Uit zijn doen en laten kon Julie afleiden dat er iets stond aan te komen. "Heb je nog iets nieuws gehoord?"

Carr knikte. "Ik heb Hartmann gebeld en het is verbazingwekkend. Ze hebben Treddicks vingerafdrukken genomen. Ze zijn gelijk aan die van Struve."

Julie dronk haar koffie. Carr leek lichtelijk gekwetst. Hij had een andere reactie verwacht. "Wel," zei Carr, "het lijkt je niet te verbazen."

Julie keek weg. "Dit is een van die dingen die je niet weet of zelfs maar vermoedt — maar wanneer je er dan achter komt, realiseer je je dat je het eigenlijk al die tijd wel geweten hebt."

Carr draaide zich om om haar aan te kijken. "En hoelang verkeer je al in deze staat van innerlijke zekerheid?"

"Ik wist het niet totdat je het me vertelde."

"Het is een verbazingwekkende toestand," zei Carr. "Absoluut verbazingwekkend. Weet je wat voor dag het vandaag is?"

Julie keek hem nietszeggend aan.

"Dinsdag, zeven juli. Vanavond gaat George Bavonette naar de gaskamer."

"Oh."

"Ik ga naar de stad," zei Carr. "Ik zorg ervoor dat deze executie wordt uitgesteld. Het is een karikatuur van onze rechtspraak."

Julie speelde met haar kopje. "Misschien bekent Joe wel…Of misschien moet ik hem wel Robert noemen."

"Tot nu toe heeft hij dat niet gedaan. Ik denk ook niet dat dat gebeurt."

"Hij is verschrikkelijk koppig. Weet je nog hoe hij was op school?"

"Ja," zei Carr met een bittere lach. "Hij staat nog steeds in het krijt bij me vanwege mijn scooter."

Julie schudde verbaasd haar hoofd. "Ik weet niet wie van jullie twee het meest monomaan is."

"Ik ben koppig en vasthoudend," zei Carr, "als ik weet dat ik gelijk heb. Let op mijn woorden Julie, voordat je het weet, ben ik gouverneur van deze staat!" Hij keek op zijn horloge. "Het wordt een belangrijke dag voor me…Waarom ga je niet met me mee? We kunnen samen uit eten gaan…"

Julie schudde weemoedig haar hoofd. "Nee bedankt, Carr."

"Is goed voor je," zei Carr. "Naar de stad scheuren in de ouwe Jag, wat zaken afhandelen en daarna hebben we de rest van de dag voor onszelf."

Julie keek hem zijdelings aan. "Ik dacht dat je vandaag van plan was om hemel en aarde te bewegen."

Carr zei groots, "In jouw gezelschap kan ik hemel en aarde bewegen met één vinger... Hallo mevrouw Hovard." Margaret wankelde de kamer binnen als een slaapwandelaar.

"Hallo Carr... Ik ben blij dat je er bent."

"Ik ben op weg naar de stad, mevrouw Hovard; ik heb Julie proberen over te halen met me mee te gaan. Het zou haar goed doen."

Margaret keek naar Julie. "Waarom ga je niet mee, lieverd?"

"Omdat ik niet wil gaan," zei Julie.

"Zoals je wilt." Carr knikte naar Margaret. "Tot ziens."

Carr verliet de kamer.

Margaret liet zich in een stoel naast Julie zakken. "Ik word oud; ik ben helemaal stuk van deze toestand... Als je bedenkt dat deze jongen aan onze tafel heeft meegegeten — waar jij mee uitgegaan bent —" Haar stem stierf weg.

"Ja moeder," zei Julie. "Daar had ik zelf ook allemaal al aan gedacht. En meer..."

De sheriff was koel, beleefd en direct.

"Zo, Struve —"

"Mijn naam is Treddick," zei Joe.

"Struve — Treddick — noem jezelf wat je wilt."

"Waar word ik voor vastgehouden?"

"Maak je daar maar niet druk om," zei Hartmann. "Er zijn wel een dozijn technische redenen waarop ik je kan inrekenen. Wat dacht je van desertie uit het leger?"

"Dat krijgt u nooit bewezen," zei Joe. "Mijn diensttijd liep vijf dagen nadat ik gevangen werd genomen af."

"Als korporaal Robert Struve of als soldaat Joe Treddick?"

"Beide. We zijn op dezelfde dag in dienst gegaan."

"Dat is al een betere houding, Struve."

"Treddick."

De sheriff haalde zijn wenkbrauwen op. "Hoe kan jij Treddick zijn, als je vingerafdrukken aangeven dat je Struve bent?"

"Laat uw stenograaf maar binnenkomen, want ik vertel u dit maar één keer."

"Oké," zei Sheriff Hartmann vriendelijk.

Sid glipte de deur binnen en gleed zijn stoel in.

"Ooit was ik korporaal Robert Struve van het 121ste Engineers. Vijf dagen voor het aflopen van mijn diensttermijn werden we geraakt door een mortiergranaat. Kwam direct in ons midden terecht. Ik lag in de rivierbedding en de explosie ging over mijn hoofd heen. Het hele peloton werd geraakt, armen, benen overal. Bedenk wel, ik stond op het punt om af te zwaaien. Ik heb niets verkeerds gedaan. Maar ik was klaar met Robert Struve. Ik wilde iemand anders zijn. Robert Struve is dat gezicht op die foto die u me liet zien."

"Ja," zei Hartmann. "Ga door. Dit is interessant."

"Misschien had ik zitten wachten tot de kans zich voordeed; misschien was ik in shock. Ik weet het niet. Wat er gebeurde is dat ik Joe Treddicks identificatieplaatje pakte en het mijne gaf aan wat er over was van Joe. Ik had nog niet bedacht wat ik verder wilde doen. Maar het bleek dat dat ook niet hoefde. De commies kwamen de heuvel over en namen me mee. Vanaf dat moment was ik Joe Treddick."

"Nogal hard voor Treddicks familie nietwaar?"

"Hij had geen familie. Een paar achterneven in Boston; dat was alles. Bovendien, Joe kreeg zijn ontslag op hetzelfde moment dat ik het mijne kreeg.

"Om een lang verhaal kort te maken, ik wist te ontsnappen aan de commies. Ik heb me twee dagen en drie nachten schuilgehouden en wist uiteindelijk onze eigen linies te bereiken. Ik had een gebroken arm en een infectie in mijn nek waar ik door granaatsplinters was geraakt. Ik ging het ziekenhuis in en ben nooit meer teruggekomen bij mijn eigen onderdeel."

"Dat was dan een geluk voor je," zei Hartmann.

"Het had geen groot verschil gemaakt. Ik probeerde de boel niet te bedonderen. Het was meer een gebaar —"

"En daarom kwam je terug naar San Giorgio?"

"Sheriff, zelfs al zou ik het u vertellen, u zou niet begrijpen waarom ik terug ben gekomen naar San Giorgio."

"Probeer het eens."

"Ik heb veertien jaar in San Giorgio gewoond. Ik heb hier mensen leren kennen. Ze kenden mij als Robert Struve. Ik wilde terugkomen en ze leren kennen als Joe Treddick, iemand anders dan het dorpsmonster."

De sheriff dacht erover na en knikte. "Ga verder met je verhaal. Je lag in het ziekenhuis."

"Ik kreeg mijn ontslag in Japan, monsterde aan op een Panamees vrachtschip en nam de lange weg terug naar de States. In New York heb ik mijn naam officieel laten wijzigen in Joe Treddick. Zo heet ik vandaag de dag."

"En het leger?"

"De stand staat gelijk. Struve voor Treddick."

"En als ze erachter komen?"

"Als ze erachter komen, zal ik ze vertellen over de verwisseling van de identificatieplaatjes."

"En jij bent bereid om iemand naar de gaskamer te laten gaan voor een misdaad die jij gepleegd hebt?"

Joe keek verrast. "Welke misdaad bedoelt u?"

"Jij hebt Dean Bavonette vermoord. George Bavonette draait er voor op."

Joe lachte kort. "Volgens mij heeft hij bekend."

"Oké. Waarom heb je Cathy McDermott en Lucia Small opengesneden?"

"Beschuldigt u mij daarvan?"

"Ik vraag het gewoon. Waarom heb je het gedaan?"

Joe stak een sigaret op. "Ik heb het niet gedaan."

"Kun je bewijzen dat je het niet gedaan hebt?"

"Dat hoef ik niet."

De sheriff werd kwaad. "Wat zeg je hiervan?" Hij opende een map. Aan de binnenkant was met plakband een kaart geplakt. In paarse inkt gedrukte letters gaven het volgende te lezen:

HALLO ROBERT.
JE KRIJGT HET NOOIT VOOR ELKAAR.

"Wat heb je daarop te zeggen?"

"Niet veel. Lucia Small heeft dit gestuurd."

De sheriff knikte. "Wat wordt ermee bedoeld?"

"Ze dacht dat ik van plan was om me door te trouwen in de Hovard familie binnen te werken."

"En was je dat?"

Joe keek hem ijskoud aan. "Wat denkt u zelf?"

De sheriff opende een andere envelop en liet hem aan Joe zien.

ROBERT STRUVE IS EEN BARBAARSE MINNAAR.
HIJ SNIJDT KELEN DOOR EN HAKT IN OP GEZICHTEN.
HIJ IS DE MAN DIE JE ZOEKT.

Joe fronste. "Waar hebt u dit vandaan?"

"Lucia heeft het verstuurd op de dag dat ze vermoord werd. Aan mij."

"Toon de envelop eens."

De sheriff gooide de envelop naar Joe.

Joe keek ernaar. "Het poststempel is van de dag na haar dood."

"Ze heeft het waarschijnlijk na de laatste ophaalronde gepost."

"Ik geloof er niets van. Ze wist dat ik Robert Struve was."

"Daar verbaasde ik me al over," zei Sheriff Hartmann. "Hoe is ze erachter gekomen?"

"Ik bracht haar thuis vanaf het Mountainview Masqué. De Torentjes is lastig te vinden tenzij je precies weet hoe je moet rijden. Ik reed er in één keer naartoe. Ze zei, 'Hoe kan het dat je deze weg kent? Je bent hier helemaal niet bekend!'

"Ik kon haar geen antwoord geven. Daarna zei ze, 'Op een of andere vreemde manier heb ik je er altijd al vaag bekend uit vinden zien.' En ongeveer twee minuten later zei ze, 'Ik weet wie je bent! Jij bent Robert Struve!'

"Ik zei dat ze niet goed wijs was, maar ze lachte alleen maar. Gedurende de tijd dat ik haar naar huis bracht werd Cathy McDermott vermoord. Lucia wist dat ik daar niets mee te maken kon hebben. Als ze die brief al geschreven heeft, dan is het uit wrok."

"Wrok? Waarom?"

"Ze wou dat we de auto ergens zouden stilzetten. Ik wilde dat niet."

De sheriff knorde. "We hebben je te pakken, Treddick."

Joe lachte.

"Je had een motief — de gelegenheid —"

"Niet meer motief dan ieder ander. En wat gelegenheid betreft, ik bracht Lucia naar huis toen Cathy werd vermoord."

"Dat zou een goed alibi geweest zijn — als Lucia nog in leven zou zijn en het kon bevestigen."

"Dat is zo."

De sheriff keek Joe lang aan. "Joe — je bent een aardig slimme vent. Maar ik krijg je te pakken voor deze moorden."

"Oké," zei Joe. "Als u dat vol kunt houden kan ik het ook."

Julie liep door het huis. Ze trok een zwempak aan en liep over het gazon naar het zwembad waar ze zich in een ligstoel liet zakken.

Joe Treddick — Robert Struve. De twee beelden smolten samen, liepen in elkaar over en gingen weer uiteen. Roberts vreselijke litteken leek gewoon niet te passen op Joe's sterke kaaklijn en zijn platte wangen. Ze had eerder al eens een lange streep onder zijn kin opgemerkt; waarschijnlijk was dat de rand van de huidtransplantatie. Zijn neus — hoe kon Joe's korte rechte neus passen op die zwarte gapende neusgaten van Robert? Op de een of andere manier deed hij dat toch... Iedereen met een verminkt gezicht kon er verschrikkelijk uitzien... Denk maar eens aan Cathy en Dean en Lucia...

Joe. Robert.

Deze namen zouden haar de rest van haar leven een ongemakkelijk gevoel geven... Hoe zou het geweest zijn als Robert nooit gewond was geraakt? Als ze niet op achtjarige leeftijd de auto had bestuurd? Vijf levens. Dean Pendry. Cathy McDermott. Lucia Small. George Bavonette. Robert Struve.

Joe Treddick?

Julie's gedachten kwamen langzaam tot stilstand. Zat er nog iets goeds in Joe Treddick? Ze zuchtte. Het moest iets verschrikkelijks zijn dat hem voortdreef! Scherp als de bliksem, knarsend en ruw als een bulldozer op gravel! Hij kon toch niet anders dan een enorme afschuw voor zijn eigen daden hebben...

Margaret riep haar voor de lunch. Om twee uur liep Julie lusteloos de stad in. Ze kocht de vroege editie van de *Herald-Republican* en scande de koppen naar de woorden 'Lustmoordenaar'. Ze zag niets. Ze keek nauwkeuriger en vond een halve kolom waarin voorzichtig werd vermeld dat Sheriff Hartmann verwachtte de komende vierentwintig uur iemand te kunnen arresteren.

Ze liep naar huis, ging op haar bed liggen en viel vervolgens in slaap. Om halfvijf werd ze weer wakker.

Toen ze naar beneden ging trof ze haar moeder aan die thee dronk met Carr Pendry.

"Jij bent snel terug," zei Julie, met een lichtelijk sarcastische toon in haar stem.

Carr keek vermoeid; Julie kreeg direct spijt van haar opmerking. "Heb je überhaupt iets kunnen bewerkstelligen?"

Carr schudde zijn hoofd. "Een stenen muur — overal. Het schijnt niemand ook maar een moer te kunnen schelen. Ze staren je alleen nietszeggend aan." Hij sloeg met zijn vuist op tafel. "En je raadt het nooit."

"Wat?"

"Hij heeft Struve laten gaan."

"Laten gaan? Waarom?"

Carr haalde zijn schouders op. "Gebrek aan bewijs. Dat betekent nog niets. Hij loopt nog wel tegen de lamp. Ze krijgen hem echt wel."

"Wat een verschrikkelijk creatuur," mompelde Margaret. "Ik kan er nog steeds niet over uit. Hier — aan deze tafel. Met ons mee-etend."

Carr ging terug naar de gebeurtenissen van de dag. "Ik heb met de rechter gesproken. Die weigerde om het verband te zien tussen Deans dood en wat hier gebeurd is."

"Heb je hem over Robert verteld?" vroeg Julie.

"Natuurlijk heb ik hem dat verteld." Carr vervolgde, "Op weg naar huis ben ik bij San Quentin langsgegaan waar ik met Bavonette mocht praten."

"Op de dag dat hij wordt terechtgesteld?" vroeg Margaret. "Op een of andere manier klinkt dat morbide."

Carr keek op zijn horloge. "Het is nu halfvijf. Over tweeënhalf uur... Nu ja, als zijn familie — ik ben tenslotte zijn zwager —"

"Ik zou denken dat dat een extra reden zou zijn om je juist niet naar binnen te laten," zei Julie. "De broer van het meisje dat hij vermoord zou hebben."

Carr fronste. "Hij ziet er vreselijk uit. Als een doodskop. Zijn wangen zijn compleet ingevallen."

"Arme stumper," zei Margaret.

"Zijn handen waren net klauwen," zei Carr. "Heb je die uitdrukking weleens gehoord dat iemands ogen gloeiden? Wel, zo zagen Bavonette's ogen eruit — alsof er in elk oog een klein lampje zat."

"Was hij blij je te zien?" vroeg Margaret.

"Het leek wel alsof het hem niets kon schelen. Ik heb hem de situatie uitgelegd, hem verteld dat als hij nu zijn bekentenis zou intrekken, er nog een kansje zou kunnen zijn."

"Wat zei hij?"

Carr nam een slok van zijn thee voor hij antwoordde. "Hij keek me aan met een heel eigenaardige blik die ik nog nooit eerder op iemands gezicht heb gezien. Het was iemand die de dood uitlacht, ernaar uitkijkt. Hij is gewoon blij dat hij terechtgesteld wordt!"

"Dat is raar!" zei Margaret.

"Er is iets vreemds aan de hand. Hij is natuurlijk zo gek als een deur. Maar hij doet ergens boete voor..."

"Wat zei hij precies?" vroeg Julie.

"Hij zei dat ik me met mijn eigen zaken moest bemoeien. Hij zei — even kijken. Zijn exacte woorden gingen ongeveer zo. Hij zong ze haast. Als bebopmuziek. 'Broeder, dit leven is een complete hel geweest. Ik heb er met wiet tegen gevochten. Ik heb er op de piano tegen gevochten. Ze zeggen dat er een ander leven is waar ze de harp bespelen; broeder, ik ben er klaar voor. Dit leven kun je wat mij betreft' —" Carr stopte met een droeve glimlach richting Margaret. "Hij zei wat ik ermee kon doen."

"Die arme man is overduidelijk niet goed wijs," zei Margaret verontwaardigd. "Hij hoort in een inrichting thuis."

Carr knikte. "En in plaats daarvan vermoorden ze hem —" hij keek op zijn horloge "— over twee uur en vijfentwintig minuten."

Julie stond op. Margaret keek haar nieuwsgierig aan. "Waar ga je naartoe lieverd?"

"Naar boven."

Carr sprong op. "Ik wilde net voorstellen — heb je zin om vanavond ergens naartoe te gaan, Julie —"

"Nee, dankjewel," zei Julie.

"Maar Julie, ik denk dat het je goed zou doen," zei Margaret.

"Oké," zei Julie. Ze draaide zich om en keek Carr aan. "Op één voorwaarde."

"Natuurlijk. Je zegt het maar."

"We gaan waar *ik* naartoe wil gaan. Doen wat *ik* wil doen. Zonder protesteren. Afgesproken?"

"Als je er op staat."

"Oké." Julie liep de kamer uit.

HOOFDSTUK XVI

CARR NAM JULIE'S ARM terwijl ze de trap afliepen en leidde haar naar de Jaguar. Julie trok haar arm terug. "Laten we met mijn auto gaan."

Carr gaf toe. "Het is jouw avond."

Julie liep naar de bestuurderskant. Carr stapte in aan de rechterkant, zat stijf rechtop en keek strak voor zich uit. Julie zei, "Ik kan je net zo goed direct vertellen waar we naartoe gaan, zodat we er geen discussie over krijgen. Ik ga met Joe Treddick praten."

Carr draaide geschokt het hoofd. "Julie — Ik vind dat geen goed idee."

"Oké. Ga je mee? Of ga ik alleen?"

"Maar waarom, Julie? Waarom in vredesnaam?"

"Ik wil hem spreken," zei Julie. Ze schudde haar hoofd. "Misschien is hij een moordenaar — maar hij is eerlijk. Hoe dan ook Carr, ik wil met hem praten! Ik moet duidelijkheid hebben!" riep ze gepassioneerd. "Ik weet niet wat ik ervan moet denken. Als hij geen moordenaar is, wil ik weten of ik gelijk had wat hem betreft."

"Stel dat hij onschuldig is. Het is nog steeds een bedrieger —"

Ze keek hem strak aan. "Wat zou jij gedaan hebben, Carr, als jij een gezicht zoals Robert Struve had gehad?"

"Daar gaat het niet om. Ik dacht we vanavond uit zouden gaan, misschien ergens wat konden gaan drinken —"

"Oké Carr. Stap alsjeblieft uit."

Carr zei kort, "Ik ga mee."

"Geen discussie meer?"

"Wat jij wil."

Julie startte de motor, reed Conroy Avenue af en via Third Street naar het Fair Oaks Guest House.

Ze parkeerde de auto en sprong eruit. Carr maakte aanstalten om haar te volgen. "Nee," zei Julie. "Ik wil met Joe praten, alleen. Ik roep je als ik je nodig heb."

"Je ouders villen me levend," protesteerde Carr benauwd. "Tenslotte vertrouwen ze erop dat ik op je pas!"

"Voor de laatste keer Carr, je bent met mij mee. Als dat je niet aanstaat, dan ga je maar naar huis."

Ze klom de trap op en belde aan; mevrouw Tuttle kwam aan de deur.

"Mag ik Joe Treddick spreken alstublieft?"

Mevrouw Tuttle keek haar onderzoekend aan. "Weet je wie Joe Treddick is?"

"Ik weet absoluut wie hij is."

"Zijn echte naam is Robert Struve en tenzij ik me heel erg vergis —"

"Kan ik hem spreken?"

Mevrouw Tuttle snoof. "Denk je echt dat ik hem ook nog maar een minuut hier in huis wilde hebben nadat ik erachter kwam wie hij was? Het spijt me, jongedame. Hier is hij niet."

"Waar is hij naartoe gegaan?"

"Ik heb geen flauw idee."

"Dank u wel." Julie liep terug naar de auto.

"En?" vroeg Carr.

"Hij is er niet." Julie drukte op de startknop.

Sheriff Hartmann was niet op kantoor; de deputy gaf aan dat ze het bij zijn huis konden proberen.

De sheriff woonde in een nieuw huis met drie slaapkamers in een van de nieuwe wijken die rondom San Giorgio opschoten. Carr was bereid om naar de verblijfplaats van Joe Treddick te vragen. Julie liep met hem mee naar de deur.

Nadat ze hadden aagebeld, verscheen Sheriff Hartmann in hemdsmouwen. Op Carrs vraag fronste de sheriff nadenkend.

"Volgens mij zei hij iets over een van de motels. Wat moeten jullie met hem?"

Carr keek Julie aan. "We willen gewoon een beetje praten — oude tijden, weet u wel."

"Oh," zei de sheriff, en knikte wijs.

"Al sla je me dood," zei Carr, "ik snap niet dat u hem hebt laten gaan!"

"Om een heel goede reden. Er is geen bewijs tegen hem."

"En hoe zit het dan met dat gedoe met die valse naam, de brieven —"

"Dat is achtergrond, Carr. Een groot verschil met bewijs. Prima spul om de hoeken en gaten van een zaak mee op te vullen, maar dan moet je wel eerst een zaak hebben. En die hebben we niet. Nog niet eens een begin."

"Kom op, Carr," zei Julie.

Hij liep haar mokkend achterna naar de auto. "Waar gaan we nu naartoe?"

"Ik had bedacht gewoon de weg af te rijden, kijken of we zijn auto zien."

"Maar Julie, er zijn wel een dozijn motels in de stad — we kunnen ze niet allemaal onderzoeken."

"Misschien heb je wel gelijk," zei Julie.

"Waar gaan we nu dan naartoe?" vroeg Carr.

"Naar huis."

"Naar huis? De nacht is nog jong!"

Julie zei niets. Ze reed Conroy Avenue af, sloeg Jamaica Terrace in en draaide haar oprit op.

"Julie," zei Carr, "dit was absoluut niet mijn idee van een feestje."

"Wat had je dan willen doen? Zoenen?"

Carr opende stijfjes de deur. "Welterusten, Julie... Ik geloof niet dat ik nog mee naar binnen ga."

"Welterusten, Carr. Dat had ik je ook niet gevraagd."

Carr sprong in de Jaguar, startte de motor, draaide om en scheurde de oprit af, terug naar de stad.

"Grote baby," mompelde Julie in zichzelf. Ze startte haar auto, reed zachtjes achteruit en koerste op de snelweg aan.

Julie reed zuidwaarts. De snelweg liep langs smoezelige benzinestations, tweedehands autodealers, kroegen, twee dierenklinieken.

Niets in de Bon Haven, de San Giorgio Courts, de Kozy Kourts en Bender's Motel. De Green Gables lag voorbij de laatste straatverlichting, waar het platteland begon. Een dozijn houten huisjes met een dak van groen asfalt omringde een terrein dat ooit met grind bedekt was geweest. In het midden stonden twee eikenbomen waarvan de stam witgekalkt was. Het huisje waar OFFICE op stond was verlicht; alle andere waren donker en leken onbewoond. Julie parkeerde langs de kant van de weg en liep stil het plein op.

Aan de overkant zag ze Joe's auto. Ze keek naar het huisje en wenste dat er iemand bij haar was.

Ze liep terug naar haar auto en stapte in. Ze stak de sleutel in het contact maar aarzelde toen. Ze was nu al zo ver gekomen... Langzaam stapte ze de auto weer uit, liep terug naar het centrale plein en keek naar het huisje.

Joe was binnen. Robert Struve. Joe. Ze stond wel twee minuten stil naar de kale deur te kijken. Alle huisjes leken onbewoond, op dat van Joe na.

Met bonzend hart liep ze langzaam naar de deur. Ze aarzelde, haar hand geheven om op de deur te kloppen. Stom eigenlijk. Maar het moest gebeuren. Dit was de culminatie van een reeks gebeurtenissen die tien jaar geleden was begonnen, toen een klein meisje met een auto een scooter aanreed.

Haar vuist kwam omlaag. Ze klopte aan.

Binnen kraakte een bed en bonsden voeten op de vloer. De deur ging open.

"Hallo," zei Julie. "Mag ik binnenkomen?"

De deur sloot met een zacht geluid achter haar. Op het nachtkastje brandden vier kaarsen. Op het licht van de kaarsen na was er geen verlichting in de kamer.

Julie keek nieuwsgierig om zich heen. "Waar zijn die kaarsen voor?"

"Een bevlieging." Joe ging op het bed zitten. "Ga zitten."

Julie verplaatste de rieten schommelstoel en ging zitten. Ze keken elkaar aan. De kaarsen verlichtten de ene helft van hun gezicht en wierpen een zwart satijnen schaduw over de andere helft.

"Wel, Robert?" zei Julie met zachte stem.

"Mijn naam is Joe Treddick."

Joe keek haar aan. Julie zag dat hij was afgevallen. Zijn gezicht zag er smal uit.

"Je bent een vreemd wezen, Robert."

Opnieuw zei hij, "Mijn naam is Joe Treddick."

Julie maakte een smalend geamuseerd geluid. "Hoe dom denk je eigenlijk dat ik ben?"

"Oh — gemiddeld."

"En jijzelf? Wat denk je over jezelf?"

"Dat probeer ik te vermijden." Hij zwaaide zijn benen omhoog, ging op het bed liggen en stak een sigaret op. "Ik geloof dat ik je een verklaring schuldig ben."

Julie wachtte. Haar moed begon haar te verlaten. Ze werd zich bewust van haar jeugdigheid, haar onervarenheid en haar gebrek aan stoerheid. Ze vermande zich. Ze had niets om zich voor te schamen. Laat hem hier dan maar liggen, met net zo veel hardvochtige zelfverzekerdheid als hij zich wilde aanmeten...Joe was aan het praten.

"Wat mij betreft is Robert Struve in Korea overleden. Ik heb nooit veel opgehad met Robert. Geteisterd klein moederskindje."

Julie schrok van de emotieloze schamperheid. Ze voelde de behoefte om Robert Struve te verdedigen. Ze dacht terug aan de Robert Struve die ze op de middelbare school had gekend — de jongen die voetbalde als een maniak, die studeerde als een monnik, die geen vrienden had en genoeg had aan zichzelf. Geteisterd klein moederskindje? Echt niet!

"Joe Treddick was een ander soort mens," zei Joe. "Hij deed dingen omdat hij er zin in had. Ik heb mijn naam gewijzigd. Ik ben Joe Treddick. Nu doe ik waar ik zin in heb."

"Zoals — moord?"

Joe trok bedachtzaam zijn sigaret; de rook kringelde naar het plafond. De kaarsen flikkerden.

Hij zei, "Je hebt me al gearresteerd, veroordeeld, opgehangen en uit het zicht begraven — en allemaal nog voordat je vraagt of ik wel of niet schuldig ben."

"Is dat dan nog een vraag? Al dat rondsluipen — manœuvreren, terugkomen onder valse voorwendselen."

"Mijn naam is Joe Treddick. Als je me naar Struve had gevraagd had ik het je verteld. Maar Struve is dood. Joe Treddick leeft. Ik heb geen misbruik van jou of wie dan ook gemaakt."

Julie boog zich naar voren, haar stem gepassioneerd. "En hoe zit het met Dean Pendry? George Bavonette is twee uur geleden gestorven. Je hebt hem vermoord, net zoals je zijn vrouw hebt vermoord." Joe wilde iets zeggen, maar Julie ging verder. "Ik weet waarom je het gedaan hebt. Vier meisjes bij de Tri-Gamma inwijding. Dean, Cathy, Lucia, ikzelf.

Vier domme meisjes. Ze hebben je gevoelens gekwetst. En jij hebt wraak genomen."

Joe grinnikte pijnlijk. "Geloof je dat echt?"

"Ik weet wat je mij hebt aangedaan."

"Ja," zei Joe. "Daar heb ik voor geboet... Het spijt me."

"Je excuses komen vijf jaar te laat."

"Beter laat dan nooit."

"En hoe zit het me Dean? Ik neem aan dat je haar inboedel niet geruïneerd hebt."

Joe lachte kort.

"Wel?"

Joe haalde zijn schouders op. "Ik kwam Dean tegen in een bar aan Market Street in San Francisco. Ik herkende haar; zij herkende mij niet. Ik versierde haar. Misschien had het idee om wraak te nemen er iets mee te maken. Waarschijnlijk wel. Ze heeft me nooit verteld dat ze getrouwd was — en dat terwijl haar man nog geen tien meter verderop op de piano zat te rammen. Toen ik erachter kwam dat ze getrouwd was, hield ik ermee op. Ik heb haar daarna nog twee keer gezien. De laatste keer was op de avond dat ze vermoord werd. Toen heeft ze me herkend."

Julie keek hem aan. "Het verbaast me dat ik dat nooit gedaan heb."

"Ze zag me met de onderkant van mijn gezicht verborgen achter een blad. Ik was aan het lezen. Ze stopte midden in de kamer en zei dat ik koppig was en dat ik geen ziel had — dat ik haar deed denken aan een jongen die ze kende van de middelbare school — een verschrikkelijke knaap met de naam Robert Struve. Ze keek nog een keer." Joe lachte kort. "Haar ogen waren zo groot als schotels. Ze rende haar slaapkamer in. Daarna ben ik weggegaan."

Julie hield haar hand omhoog, zo de onderkant van Joe's gezicht aan haar blik onttrekkend. Opeens was hij Robert Struve. Ze deed haar hand omlaag. Hij was opnieuw Joe.

"De op een na laatste keer dat ik Dean zag was op Telegraph Hill. Jij en Cathy waren er ook. In Cholo's appartement."

Julie was geschrokken. "Je bent me niet opgevallen."

"Jij mij wel. Ik wist direct wie je was." Hij ging rechtop zitten op het bed. "En ik wist ook direct wat ik wilde — meer dan wat dan ook. Jou.

Ik zorgde ervoor dat ik naast je kwam te zitten bij Engels 1B. Ik wilde een eerlijke kans, op gelijke voorwaarden met ieder ander — zonder het verleden als een molensteen om mijn nek."

Julie zei met ingehouden stem, "Dat is allemaal mooi en aardig — maar Dean? Waarom moest zij sterven?"

"Bedoel je, waarom heb ik haar vermoord?"

"Ja."

Hij lachte bitter. "Zou het mogelijk kunnen zijn dat de man die werd geëxecuteerd voor de moord op Dean, daadwerkelijk ook de moord gepleegd heeft?"

"Daar heb ik wel over nagedacht... Maar dan heb je nog Cathy en Lucia."

"En waarom verdenk je mij?"

"Je had een motief."

Joe lachte. "En vijf jaar later sneed ik hun keel door?"

Julie bleef stil.

"Toegegeven," zei Joe. "Op dat moment was ik gekwetst. Ik zou een boel geld gaan verdienen en een knap gezicht terugkrijgen. Dan zouden ze verliefd op me worden en me op handen en voeten smeken om ze aardig te vinden. En daarna zou ik ze dumpen." Joe glimlachte vermoeid. "Dat waren slechts dagdromen. Ik was er overheen ongeveer op hetzelfde moment dat ik in dienst ging."

"Dat klinkt als een goed verhaal, Joe."

Hij draaide snel zijn hoofd om. "Je noemde me Joe."

"Ja, wat is daarmee?"

"Dat betekent dat je me gelooft."

Julie keek weg, keek naar de kaarsen. "Ik heb je nooit — helemaal — opgehangen, verdronken en gevierendeeld."

Hij keek haar nieuwsgierig aan. "Ben je alleen gekomen?"

"Ja,"

"Weet iemand dat je hier bent?"

"Nee."

"Jij hebt vertrouwen." Hij doofde zijn sigaret. "Stel dat ik dan toch de San Giorgio moordenaar zou zijn?"

Ze bewoog in haar stoel, keek naar haar handen. Ze bloosde.

Hij stond op en ging bij de kaarsen kijken. Ze liep langzaam de kamer door en ging naast hem staan. Haar huid tintelde en haar mond was droog. "Ik geloof," zei ze, "dat we vanbinnen allemaal wel een beetje raar zijn…"

Hij keek naar haar, de wenkbrauwen opgetrokken en zijn lippen strak op elkaar. Hij sloeg een arm om haar heen. Zijn aanraking was als een veer; alle gespannenheid viel van Julie af; ze leunde tegen Joe aan en het vreemde innerlijke gevoel maakte plaats voor warmte en rust. Ze sloeg haar arm om hem heen en samen staarden ze in de vlammen.

"Wil je met me trouwen, Julie?"

"Zodra ik achttien ben."

Toen vroeg Julie, "Wat is er met die kaarsen, Joe?"

"Ze vormen een demonstratie."

Hij reikte naar het bureau en pakte een glanzende 8 bij 10 inch foto. "Kijk hier eens naar."

Julie nam de foto aan. "Wel?"

Het was een van de foto's die in de *Herald-Republican* societyrubriek hadden gestaan: de bar op het Mountainview Masqué, met Joe en Lucia bij de deur.

"Wat zie je?"

Onder het licht van de vier kaarsen bestudeerde ze de foto. "Wat we de vorige keer ook al hebben gezien. In meer detail natuurlijk…Oh. De kaarsen!"

"Precies," zei Joe. "Ik kan meten hoe lang ze zijn op deze foto."

"Hoe? Hoe kun je zeker weten —"

"Het label op deze fles Scotch is precies vier inch hoog. Dat heb ik vanavond in een slijterij nagemeten. Daarmee heb ik een schaal waarmee ik de kaarsen kan meten. Deze nieuwe hier —" hij wees "— zijn twaalf inch lang. Deze in de kandelaar zijn allemaal net iets minder dan zesenhalve inch lang. Zeg zes en drie achtste inch. Met andere woorden, ze zijn al vijf en vijf achtste inch opgebrand."

"Ik snap het," zei Julie. "En nu — ben jij aan het controleren hoelang het duurt voor deze kaarsen om vijf en vijf achtste inch op te branden."

"Precies." Hij legde een stalen meetlat langs een kaars, nam de maat op en keek op zijn horloge. "Het komt neer op ongeveer anderhalve inch per uur. Vijf en vijf achtste gedeeld door anderhalf." Hij rekende. "Drie uur en drie kwartier."

"Mevrouw Hudson heeft die kaarsen aangestoken," zei Julie. "We waren er rond halfnegen. En toen was ze net klaar."

"Halfnegen. Tel daar drie uur en drie kwartier bij op. Kwart over twaalf. Dat bewijst het," zei Joe. "Deze foto is om kwart over twaalf gemaakt. Het was vanaf dat moment onmogelijk om Lucia naar huis te brengen en om dan voor enen terug te zijn. Het bewijst mijn onschuld."

"Zullen we de sheriff bellen?"

Joe keek naar het bureau, om redenen die Julie op dat moment niet kon bevatten. "Hij komt er snel genoeg achter."

Julie lachte. "Wat is er zo grappig?" vroeg Joe.

"Moeder denkt dat je de duivel zelf bent."

Joe grinnikte. "Ze vergeeft het me nooit."

Ze sloeg haar armen om hem heen. "Joe, kun je nog steeds van me houden? Ik ben zo'n verwend nest."

"Dat komt wel goed."

"Weet je nog die avond dat ik je belde — de avond dat we voor het eerst uitgingen?"

"Ja."

"Toen vertelde ik Cathy al dat ik met je zou gaan trouwen." Julie keek sip. "Arme Cathy... Joe — wie heeft haar vermoord?"

Joe keek haar verrast aan. "Bedoel je dat je dat dan nog niet weet?"

"Natuurlijk niet!"

"Maar het spreekt voor zich."

"Wel — zeg het dan. Doe niet zo mysterieus."

"Dean Bavonette vertelde Carr dat ze Robert Struve had gezien. Dean werd vermoord; Carr was er zeker van dat Struve zijn zuster aan mootjes had gesneden. Hij was er behoorlijk ontdaan van toen de politie George arresteerde. In zijn ogen kwam Struve er dus mee weg. Hij werd zowat gek van dat idee. Hij heeft me altijd al gehaat.

"De nacht van het Masqué was hij licht aangeschoten. Hij zette de auto ergens neer en werd waarschijnlijk handtastelijk."

Julie knikte. "En Cathy zei dat hij op moest houden — in zo'n soort bui was ze wel."

"En toen werd Carr gek. Misschien had ze gedreigd het te vertellen, misschien heeft hij haar vermoord uit jaloezie. In ieder geval was ze dood en had Carr een probleem: hoe moest hij hier onderuit komen?

Op dat moment dacht hij aan Dean. Als Robert Struve Dean had verminkt — waarom zou Robert Struve dan ook niet opdraaien voor het verminken van Cathy? Dus hij neemt zijn zakmes en gaat aan de slag. Wanneer hij klaar is stoot hij met zijn hoofd ergens tegenaan — misschien tegen de bumper — smeert zich onder met stof en troep en komt terug wankelen met het verhaal dat iemand hem heeft neergeslagen. En de volgende dag zegt hij dat het Robert Struve was. De grap is dat ik er al die tijd gewoon bij sta. Ik weet dat Carr staat te liegen. Het is gewoon absoluut zeker dat hij het zelf gedaan heeft."

"Lucia wist wie je was — dus zij wist ook dat Carr stond te liegen."

Joe knikte. "Ze dacht zich te vermaken door wat brieven te schrijven. Ze dacht verkeerd. Carr heeft haar ook gepakt. En om de sheriff achter Struve aan te laten gaan, stempelt hij een brief met Lucia's spullen en verstuurt hem."

De deur ging open. Carr kwam de kamer binnen. "Ik hoorde wat je over me zei." Hij keek naar Julie. Zijn ronde gezicht was rood en verwrongen. In het kaarslicht leek het wel paars. "Ik dacht al dat ik je hier zou aantreffen! Met mij wilde je niet uit —"

Julie drukte zich tegen Joe aan en keek Carr aan alsof hij een vreemd wezen was, verkleed als mens.

"Je gelooft deze leugenaar, deze bedrieger!" riep Carr. "Je gelooft hem op zijn woord in plaats van mij op het mijne!"

"Het is geen kwestie van hem op zijn woord geloven," zei Julie. "Hij kan het niet gedaan hebben. Hij was er niet toen het gebeurde."

"Hij was er wel! Hij sloeg me op mijn hoofd — hij probeert me al zijn hele leven af te troeven!" Carr keek van de een naar de ander. "Julie — ik sta op het punt om je het grootste compliment te geven dat ik kan bedenken." Carr blies zijn wangen op. "Ik wil dat je mevrouw Carr Pendry wordt. Ik wil dat je mijn vrouw wordt."

Julie lachte — een ademloos half hysterisch gegiechel.

"Nou, Julie?" Carr was in zijn meest pompeuze staat.

"Je moet op je beurt wachten. Joe vroeg het me het eerst."

"Doe niet zo grappig," snauwde Carr. Hij haalde een pistool uit zijn jaszak.

"Carr!" zei Julie. "Dat is mijn pistool! Je hebt het uit mijn auto gehaald! Geef het direct aan mij!"

Het leek erop alsof Carr haar wilde gehoorzamen. Hij leunde naar voren — maar bedacht zich. "Nee, Julie. Struve hier denkt dat ie zich er onderuit kan wurmen."

"Maar hij heeft niets gedaan!"

"Hij zit me al zijn hele leven tegen te werken. En nu zal ik hem laten zien dat hem dat geen voordeel oplevert."

"Hoe dan?" vroeg Joe.

Carr grinnikte, gebaarde met het automatische pistool. "Morgen zullen ze jullie twee hier vinden. Jij bent doodgeschoten — met dit pistool. Julie houdt het pistool vast; jij hebt een mes. Ze zullen denken dat jij haar hebt gesneden — en daarna schoot zij jou dood."

"Dat is een goed idee," zei Joe.

"Oh, ik word al een aardige kenner met dit soort dingen," zei Carr. "Dit wordt de derde."

"Sprak de toekomstig gouverneur van de staat," zei Joe.

Carr keek verontrust. "Wat dan nog? Wie komt er ooit achter?"

"Ten eerste," zei Joe, "jijzelf."

"Ik ga het niemand vertellen," grinnikte Carr.

"En dan is er de deputy sheriff in het huisje hiernaast. Hij neemt alles op met een bandrecorder."

Carr werd ineens bleek. "Deputy sheriff?"

"Tuurlijk. Zijn naam is Clifford. Je denkt toch niet dat Hartmann me vrij rond zou laten lopen, of wel?"

Carr keek de kamer rond. "Deze kamer wordt niet afgeluisterd."

"De microfoon zit achter het bureau, mocht het je interesseren. Het snoer loopt achter de plint tot in de hoek."

Carr liep zijwaarts door de kamer, het pistool gericht op Joe. Hij duwde het bureau van de muur en keek erachter. "Er is hier niets."

"Kijk eens aan deze kant," zei Joe.

Carr liep om het bureau heen, duwde het van de andere muur af en keek in de zo ontstane opening. Kaarslicht flikkerde op metaal. Carr keek neer op een microfoon die naar hem terug blinkte. Hij stond stil als in een trance. Julie reikte naar voren en gaf Carr een duw. Hij tuimelde in de ruimte achter het bureau en probeerde zich schrap te zetten met de hand waarin hij het pistool hield. Joe drukte zijn pols over de hoek van het bureau en wist het pistool aan zijn grip te ontworstelen.

Carr hees zich langzaam uit de opening overeind.

"Ga maar in die schommelstoel zitten," zei Joe, "anders moet ik je in je knie schieten. En dat doet zeer."

De deur ging open. Clifford, de deputy, kwam binnen achter een dikke .45. "Iedereen blijft zitten of staan waar ie staat."

"Het is nu veilig," zei Joe.

"Over veiligheid was ik niet bezorgd," zei Clifford. "Ik wilde gewoon zo veel mogelijk op tape krijgen."

"En in de tussentijd," zei Julie, "snijdt Carr weer een paar kelen door."

"Probeer je mij m'n vak uit te leggen, jongedame? Ren nu maar naar de bar en bel de sheriff."

De rijzende zon scheen in hun gezicht.

"Halfzes," zei Julie. "We zijn lekker opgeschoten." Ze gaf het dashboard een klopje. "Goeie ouwe Plymouth…En waar zit jij om te grinniken?" vroeg ze aan Joe.

"Ik zit me af te vragen hoelang het gaat duren voor je vader en moeder weer met me willen praten."

"Ze praten wanneer ik zeg dat ze moeten praten," zei Julie. "Ik ben achttien en een dag, en al is dit het enige wat ik doe, ik kies mijn eigen echtgenoot."

Boven de weg voor hen doemde een groot bord op. Er stond:

RENO CITY STADSGRENS
De Grootste Kleine Stad
Ter Wereld

"Oh, Joe," zei Julie, "Ik ben zo gelukkig."

Joe nam haar hand en drukte er een kus op. "Ik ook."

"Wat gaan we eerst doen? Ontbijten of trouwen?"

"Heb je honger?"

"Uitgehongerd."

"Laten we dan eerst gaan eten, dan hoeven we de rechter ook niet uit zijn bed te halen."

Ze passeerden een ander bord:

JACK VANCE

❀ ORANJEBLOESEMKAPEL ❀
Huwelijken voltrokken op
elk uur van de dag of nacht
NA 100 METER RECHTS

"Oh, verrek," zei Joe. "Laten we eerst gaan trouwen. We kunnen altijd nog eten."

Jack Vance werd in 1916 geboren in een welgesteld Californisch gezin dat tegen het einde van zijn kindertijd moeilijke tijden doormaakte. Als jonge man probeerde hij een aantal onbevredigende baantjes uit alvorens aan de Universiteit van Californië in Berkeley mijnbouw-kunde, natuurkunde, journalistiek en Engels te gaan studeren. Hij ging van school toen de oorlog uitbrak en werd matroos op de koopvaardij. Later werkte hij als rolbrugmachinist, landmeter, keramist en timmer-man, voordat hij zich door het produceren van een gestage stroom aan SF, mysterieromans en korte verhalen als voltijds schrijver vestigde.

Hij was meer dan zestig jaar actief als schrijver, en voor zijn werk ontving hij onder andere drie *Hugo Awards*, een *Nebula Award*, een *World Fantasy Award* œuvreprijs, en een *Edgar* van de *Mystery Writers of America*. De *Science Fiction & Fantasy Writers of America* kroonden hem tot Grootmeester, en hij werd opgenomen in de roemruchte *Science Fiction Hall of Fame*.

In zijn werk overschreed Jack Vance vaak de grenzen van het genre: van weemoedige fantastiek (de zeer invloedrijke *Stervende Aarde* verhalen) tot interstellaire space opera (de vijfdelige *Duivelsprinsen* reeks), van heldhaftige fantasy (de *Lyonesse* trilogie) tot de mysterieuze moorden die een sheriff in landelijk Californië moet oplossen (de *Joe Bain* boeken).

Toen hij reeds op leeftijd was, vormde zich een internationale groep van Vance-fans die zich tot doel stelde om het complete œuvre van Vance in de oorspronkelijke staat te herstellen, daarbij tientallen jaren van redactionele ingrepen en ongewenste wijzigingen ongedaan makend. Dit resulteerde in de toonaangevende Engelse *Vance Integral Edition* die als 44 hardcover delen in een beperkte oplage verscheen.

In 2013, kort nadat hij zijn eerste jazz-album had opgenomen, overleed Jack Vance op 96-jarige leeftijd in het huis dat hij eigenhandig had gebouwd in de beboste heuvels buiten Oakland. In het jaar van zijn honderdste geboortedag begint Spatterlight met het uitgeven van een nieuwe Nederlandse editie. In 62 paperbacks verschijnen zowel alle Vance verhalen die al eerder zijn uitgegeven, alsook alle titels die nog niet eerder in het Nederlands verkrijgbaar waren.

Colofon

Dit boek is gezet uit 11,5 pt Adobe Arno Pro.

De tekst van deze uitgave is ontleend aan het digitale archief van de *Vance Integral Edition*, een reeks van 44 boeken die onder auspiciën van de schrijver geproduceerd werden door een wereldwijde groep van zijn lezers. Onze dank gaat uit naar Norma Vance voor haar onschatbare redactionele hulp, en naar het *Department of Special Collections* van de Boston University die ons met hun *John Holbrook Vance* collectie geweldig hebben geholpen.

Omslagontwerp: Howard Kistler
Typografisch ontwerp: Joel Anderson
Zetwerk: Joel Anderson
Management: John Vance, Koen Vyverman

www.ingramcontent.com/pod-product-compliance
Lightning Source LLC
Chambersburg PA
CBHW030518260626
47157CB00005B/1793